Karl May

Unter Würgern

Karl Mays Reiseerzählung »Unter Würgern« erschien 1879 in der Zeitschrift »Deutscher Hausschatz« im Verlag von Friedrich Pustet in Regensburg. Für die Erzählung, die in Nordafrika spielt, verwendete May Motive der früheren Novellen »Die Gum« und »Die Rosa von Sokna«. Erstmals im Werk von Karl May taucht in der Reiseerzählung »Unter Würgern« der Name »Old Shatterhand« auf. Der Ich-Erzähler berichtet, dass ihm dieser Name wegen seines kräftigen Fausthiebs im Wilden Westen »verliehen« worden sei.

Karl May wurde am 25. Februar 1842 als fünftes von vierzehn Kindern einer bitterarmen Weberfamilie in Hohenstein-Ernstthal in Sachsen geboren. Ein durch Not und Elend bedingter Vitaminmangel verursachte eine funktionelle Blindheit, die erst in seinem fünften Lebensjahr geheilt wurde. Nach der Schulzeit studierte May als Proseminarist an den Lehrerseminaren Waldenburg und Plauen. Seine Karriere als Lehrer endete bereits nach vierzehn Tagen, als die Anzeige durch einen Zimmergenossen wegen angeblichen Diebstahls einer Taschenuhr zu einer Verurteilung führte und May aus der Liste der Lehramtskandidaten gestrichen wurde. In der Folge geriet er auf die schiefe Bahn und verbüßte wegen Diebstahls, Betrug und Hochstapelei mehrere Haftstrafen. Von 1870 bis 1874 saß er im Zuchthaus Waldheim. Nach seiner Entlassung wurde er im Alter von 32 Jahren Redakteur einer Zeitschrift und begann Heimaterzählungen und Abenteuergeschichten zu schreiben. Sein stetes literarisches Schaffen war ungewöhnlich erfolgreich und machte ihn bald zum bedeutendsten Autor von Kolportageromanen und Trivialliteratur des 19. Jahrhunderts in Deutschland. Seine Abenteuerromane, die an exotischen Schauplätzen im Wilden Westen und im Orient spielen, wurden in 33 Sprachen übersetzt. Durch seine archetypischen Wildwest-Helden *Winnetou* und *Old Shatterhand* erlangte Karl May literarische Unsterblichkeit und wurde zum meistgelesenen Autor deutscher Sprache.

Karl May

Unter Würgern

Reiseerzählung

Benu Abenteuer Edition

Bibliografische Information der Deutschen Bibliothek

Die Deutsche Bibliothek verzeichnet diese Publikation in der Deutschen Nationalbibliografie; detaillierte bibliografische Daten sind im Internet über http://dnb.ddb.de abrufbar.

© 2015 dieser Ausgabe:
Benu Abenteuer Edition
Bernward Schneider
1. Auflage
Umschlaggestaltung: B. Schneider nach einer Illustration zu Karl Mays *Unter Würgern* von Josef Ulrich (1857–1930).

Herstellung und Verlag:
Bod – Books On Demand, Norderstedt

ISBN 978-3-7347-3447-2

INHALTSVERZEICHNIS

1. Djezzar-Bei, der Menschenwürger

Afrika! –

Sei mir gegrüßt, du Land der Geheimnisse! Ich soll auf edlem Rosse deine kahlen, leeren Steppen, auf flüchtigem Dromedare deine gluterfüllte Hammada durchreiten, soll unter deinen Palmen wandeln, deine Spiegelung schauen und auf grünender Oase an deine Vergangenheit denken, deine Gegenwart betrauern und von deiner Zukunft träumen.

Sei mir gegrüßt, du Land des Sonnenbrandes, des tropischen Pulses und des physischen Gigantentumes! Ich habe im eisigen Norden deine Wärme gefühlt, dem wunderbaren Klange deiner Märchen gelauscht und das ferne Rauschen der Psalmen vernommen, die deine überwältigende Natur zum Himmel braust. Da brandete das Meer der Springböcke über die Ebene; das Flußpferd weidete tief unter dem Wasser; der Wald brach unter den Tritten des Elefanten und des Rhinoceros; im Schlamme wälzte sich das Krokodil, und unter stacheligen Mimosen röchelte der schlafende Löwe. Mein Fuß war gefesselt, aber meine Seele eilte zu dir. Da donnerte die Büchse des Boeren; da erklangen die Speere der Hottentotten und Kaffern; schwarze Gestalten wanden sich im athletischen Ringen; Ketten rasselten; Sklaven heulten, und schwer beladen zog die Karawane nach Osten, das Schiff aber dem Westen zu. Im einsamen Duar erscholl der schmetternde Chor der Hariri; vom hohen Minaret rief der Mueddin zum Gebete; am Thore der Wüste knirschte der Sand zum Teyemmüm, und am fernen Bir beugten die Kamele ihre Kniee; die Söhne der Wüste wandten ihre Augen gen Aufgang, und der Dschellab sang sein frommes »Lubbekka Allah hümeh, hier bin ich, o mein Gott!«

Sei mir gegrüßt, du Land meiner Sehnsucht! Jetzt endlich sehe ich deine Küste winken, atme die Flut deiner reinen Atmosphäre und trinke den süßen Hauch deiner Düfte. Deine Zungen sind mir nicht fremd, doch will kein Angesicht mir entgegenlächeln und keine Hand die meinige erfassen, aber vom grünen Strande herüber neigen sich die Palmenwedel, und die Höhen strahlen im freundlichen Glanze mir zu ihr »Habakek, sei uns willkommen, o Fremdling!« – – –

Ich hatte in Australien den Emu und das Känguruh, in Bengalen den Tiger und in den Prairien der Vereinigten Staaten den Grizzly und den Bison gejagt. Drüben im »far west« habe ich einen Mann getroffen, der sich ebenso wie ich aus reiner Abenteuerlust ganz allein in die »finstern und blutigen Gründe« des Indianergebietes gewagt hatte und mir bei allen Fährlichkeiten ein treuer Freund und Maat geblieben war. Sir Emery war ein Engländer vom reinsten Krystalle, stolz, edel, kalt, wortkarg, kühn bis zur Verwegenheit, geistesgegenwärtig, ein starker Ringer, ein gewandter Fechter, ein sicherer Schütze und dabei voller Aufopferungsfähigkeit, wenn sein Herz einmal freundschaftlichen Regungen zugängig geworden war.

Neben diesen zahlreichen Vorzügen besaß der gute Sir Emery allerdings einige kleine Eigentümlichkeiten, die ihn sofort als Engländer charakterisierten und einen Fremden gar wohl abzustoßen vermochten; mir aber hatten sie keinerlei Störung, sondern im Gegenteile öfters eine kleine, allerdings heimliche und unschuldige Belustigung verursacht, und wir waren schließlich in New Orleans als die besten Freunde geschieden und hatten uns das Versprechen gegeben, uns wieder zu sehen. Das Rendezvous sollte – – in Algier stattfinden.

Daß wir uns für Algier, für Afrika entschieden, geschah allerdings nicht ohne Gründe. Mein braver Bothwell war ebenso wie ich das, was man einen »Weltläufer« zu nennen pflegt; er hatte fast alle Winkel der Erde durchkrochen, von Afrika aber im Süden nur die Kapstadt gesehen und im Norden das »Gharb«, wie der Araber die Küstenstrecke von Marokko bis Tripolis nennt, bereist. Natürlich lag ihm da der Wunsch nahe, auch das Innere dieses Erdteiles, die Sahara, den Sudan, kennen zu lernen; über Darfor und Kordofan wollte er dann auf dem Nile zur Civilisation zurückkehren. In Algier lebte ein Verwandter von ihm, bei dem er früher einmal längere Zeit gewesen war, um das Arabische kennen zu lernen. Dieser, ein Onkel mütterlicherseits, war ein Franzose und Chef eines Handelshauses, welches sehr fruchtbringende Beziehungen zu dem Sudan unterhielt. Bei ihm, einem Mr. Latréaumont, wollten wir uns treffen.

Was mich betrifft, so hatte ich mich während meiner Schülerzeit aus besonderer Liebhaberei auch mit der arabischen Sprache beschäftigt und während eines Aufenthaltes in Aegypten die darin erlangte, nicht gar zu große Fertigkeit möglichst zu vervollständigen versucht. Unser Zusammensein in der Prairie hatte treffliche Gelegenheit geboten, beiderseits in Uebung zu bleiben, und so ging ich mit dem Dampfer Vulkan, welcher der ›messagerie impériale‹ gehörte, mit der beruhigenden Ueberzeugung von Marseille ab, daß es mir nicht schwer fallen werde, mich mit den Kindern der Sahara in ihrer Muttersprache zu verständigen.

Afrika galt uns, wie ja auch einem jeden andern, als das Land großer, noch ungelöster Rätsel, welche uns genug des Interessanten und wohl auch Gefährlichen bieten würden; doch erfüllte uns besonders Eins mit erwartungsvoller Begeisterung: wie wir den Jaguar, den grauen Bären und den Büffel getötet hatten, so wollten wir unsere Büchsen auch an dem schwarzen Panther und dem Löwen versuchen. Emery Bothwell hatte mit einer Art von Eifersucht die Berichte über Gérard, den kühnen Löwenjäger, vernommen und war fest entschlossen, sich auf alle Fälle einige Mähnenhäute zu holen.

Es war bereits ein Jahr seit unserer Trennung vergangen, doch kannte er die ungefähre Zeit meines Eintreffens, und da er ebenso wußte, daß ich mit dem französischen Dampfer kommen würde, so fühlte ich mich einigermaßen enttäuscht, als ich ihn beim Landen nicht unter der bunten Menge erblickte, welche auf dem Quai auf die Ausschiffung der Passagiere wartete oder in Booten herbeigeeilt kam, um Bekannte in Empfang zu nehmen.

Algier ist an der Westseite eines halbmondförmigen Golfes gelegen und kehrte dem Schiffe seine ganze Fronte zu. Die Stadt gewährte dem Beschauer ein sonderbares, fast geisterhaftes, ungeheuerliches Bild. Eine an dem grünen Gebirge aufsteigende, kreideweiße und ineinanderfließende

Häusermasse ohne Dächer und Fenster starrte herab in den Hafen und sah beinahe aus wie ein Kalksteinfelsen, eine riesige Gipsgruppe oder ein Gletscher bei Sonnenbeleuchtung. Hoch oben auf dem Gipfel des Gebirges erschienen die Bastionen des Kaiserforts, und am Fuße desselben zogen sich außer der Festung Mersa Edduben verschiedene Fortifikationen hin.

Auf dem Quai bewegten sich Gruppen weißer Burnusgestalten, Neger und Negerinnen in den buntesten Kostümen, Frauen, vom Kopfe bis zum Fuße in weiße Wollenschleier gehüllt, Mauren und Juden in türkischer Tracht, Mischlinge aller Farben, Herren und Damen in europäischer Kleidung und französische Militärs in allen Graden und Abteilungen.

Ich ließ mein Gepäck nach dem Hotel de Paris in der Straße Bab-el-Qued schaffen, restaurierte mich dort nach Bedürfnis und begab mich dann in die Straße Bab-Azoun, in welcher die Wohnung Mr. Latréaumonts lag.

Meine Karte wurde abgegeben, und sofort erschien der Chef unter der Thür des Zimmers, in welchem er arbeitete.

»Bienvenu, bienvenu Monseigneur, aber nicht hier, nicht hier! Bitte, kommen Sie mit mir, damit ich Sie Madame und Mademoiselle vorstelle. Wir haben seit lange mit Schmerzen auf Sie gewartet!«

Dieser unerwartete Empfang mußte mich frappieren. Mit Schmerzen hatte man auf mich, den Unbekannten, gewartet? Aus welchem Grunde?

Latréaumont war ein kleiner, höchst beweglicher Mann, welcher die breiten, marmornen Stiegen erklommen hatte, noch ehe die Hälfte derselben unter mir lag. Das Haus war früher der Palast eines reichen Muselmannes gewesen, und die Vereinigung arabischer Architektur mit französischer Ausstattung brachte einen eigentümlichen Effekt hervor. Ich wurde durch den brillant eingerichteten Salon in das Familienzimmer geführt, eine Auszeichnung, welche mit dem Schmerze, mit welchem man mich erwartet hatte, in Verbindung stehen mußte.

Madame saß, in einem Romane blätternd, auf einem Taburett; sie war nach europäischem Schnitte in schwarze

Seide gekleidet. Mademoiselle lag in einem sammetnen Diwan und trug das bequeme, malerische, morgenländische Gewand. Ein weites, seidenes Beinkleid reichte vom Gürtel bis zum Knöchel herab, während der nackte Fuß in blauen, goldgestickten Pantoffeln stak; feine Spitzeneinsätze, mit Gold und Silber durchwirkt, bedeckten Hals und Brust, und darüber trug sie eine sammetne türkische Jacke, die mit kostbaren Arabesken verziert und mit Reihen wertvoller Knöpfe besetzt war. Das dunkle Haar war von Gold- und Perlenschnüren durchflochten und in blaue und rosa Foulards eingebunden.

Beide Damen erhoben sich bei unserm Eintritte und konnten ihre Ueberraschung über den gesellschaftlichen faux pas kaum verbergen, welchen der Hausherr dadurch beging, daß er einem Fremden so ohne alle vorherige Anmeldung in diesem Raume Zutritt gestattete. Kaum aber hatten sie meinen Namen gehört, so machte diese Ueberraschung dem Ausdrucke unverhohlener Freude Platz.

Madame eilte zu mir heran und ergriff meine Hand.

»Welch ein Glück, Monseigneur, daß Sie endlich kommen! Unsere Sehnsucht nach Ihnen ist grenzenlos gewesen. Nun aber dürfen wir ruhiger sein, denn Sie werden unserm wackern Bothwell nacheilen und ihm helfen, Rénald zu finden!«

»Gewiß, Madame, werde ich dies thun, wenn Sie es wünschen, nur bitte ich Sie, mir zu sagen, wer Rénald ist und was für eine Bewandtnis es mit ihm und Emery hat, den ich hier zu treffen hoffte!«

»Sie wissen es noch nicht, wirklich noch nicht? Mon dieu, die ganze Stadt weiß es ja schon längst!«

»Aber, Blanche,« fiel Latréaumont ein, »magst du nicht bedenken, daß Monseigneur jedenfalls soeben erst mit der Messagerie angekommen ist?«

»Vraiment, das ist wahr! Sie können noch nichts wissen! Bitte, nehmen Sie Platz, und, Clairon, begrüße doch unsern Gast!«

Die junge Dame verneigte sich mit verbindlicher, beinahe respektvoller Höflichkeit, und ich wurde von der Mutter zu einem Sitze geleitet. Der Empfang war geheimnisvoll, und ich sah dem Kommenden mit wirklicher Erwartung entgegen.

»Sie finden uns in einer Situation,« begann Latréaumont, »welche uns gebietet, von den gewöhnlichen Formen abzusehen. Emery hat uns sehr viel, sehr viel von Ihnen erzählt, was bei seiner verschlossenen Weise für uns eine Veranlassung ist, Ihnen unser ganzes und vollständiges Vertrauen zu schenken.«

»Ja, unser ganzes und unerschütterliches Vertrauen, Monseigneur,« bekräftigte Madame, nach dem höflichen Gebrauche des Südens das ›Monseigneur‹ an Stelle des einfachen ›Monsieur‹ setzend. »Sie haben so viel Schlimmes mit unserm Neveu gewagt, daß Sie wohl auch nicht vor der Erfüllung unserer Bitte zurückschrecken werden.«

Ich mußte beinahe über die rasche Art und Weise lächeln, in welcher diese liebenswürdigen Leute über mich verfügten, die ich zwar noch nicht kannte, welche aber nach den Worten der Dame mit irgend einer Gefahr für mich verbunden sein mußte.

»Mesdames und Monseigneur, gestatten Sie mir, mich Ihnen für alles, was Sie von mir wünschen, zur Verfügung zu stellen!« bat ich.

»Eh bien! Nach dem, was wir von Ihnen hörten, konnten wir nichts anderes erwarten, obgleich ich Ihnen zu unserer Entschuldigung sagen muß, daß unsre Bitte keine selbständige ist, sondern uns von Bothwell diktiert wurde.«

»Liegt es in meiner Macht, so wird sie erfüllt!« antwortete ich einfach.

»Ich danke Ihnen, Monseigneur!« sprach Latréaumont.

»Wir haben einen großen Verlust, ein fürchterliches Unglück erlitten – – –«

»Ja ein fürchterliches, ein gräßliches Unglück, Monseigneur,« fiel Madame ein, indem ihr die Thränen aus den Augen brachen.

Auch Clairon, die Tochter, zog ihr duftendes Taschentuch, um ein sich hervordrängendes Schluchzen zu verbergen.

»Bitte, sprechen Sie, Madame!«

»Nein, ich kann es nicht erzählen; der Kummer raubt mir die Worte dazu!«

Die kleine, zarte Dame zeigte auf einmal eine Erschütterung, welche so tief war, daß sie mich beinahe beängstigte.

»Bitte, Monseigneur, lassen Sie mich hören!« bat ich darum Latréaumont.

»Kennen Sie die Imoscharh?« fragte er, fügte aber sofort in der lebhaften südlichen Weise hinzu: »Doch nein, Sie können sie ja nicht kennen, da Sie heute erst hier ankamen; aber ich sage Ihnen, diese Imoscharh oder Tuareg sind ein fürchterliches Volk, und die Karawanenstraße von Ain Salah nach Ahir, Dschenneh und Sakkatu, auf welcher ich meine Güter nach dem Sudan schicke, geht grad durch ihr Gebiet. Mein Haus ist das einzige in Algier, welches direkte Beziehung nach Timbuktu, Pullo, Haussa, Bornu und Wadai unterhält, und da wir fern von jeder Straße liegen und nur erst in Ain Salah oder Ghadames und Ghat Anschluß finden, so ist die Unterhaltung so unsicherer Handelsverbindungen oft mit schweren Opfern und Verlusten verbunden. Das Schwerste aber hat uns mit der letzten Kaffila[1] betroffen.«

»Sie wurde von den Tuareg überfallen?«

»Sie raten richtig, Monseigneur. Die Gum[2] griff sie auf und machte alles nieder. Nur einer entkam; er hatte sich gleich bei Beginn des Kampfes tot gestellt und brachte mir die Nachricht von dem fürchterlichen Schlage, der meine Familie betroffen hat.«

»Ihr Haus wird sich von demselben erholen, Monseigneur!«

»Mein Haus, ja, aber meine Familie nie! Der Verlust der Güter ist zu verschmerzen, aber Rénald, mein Sohn, mein einziger Sohn, befand sich bei der Kaffila und ist nicht zurückgekehrt!«

Jetzt konnten die Damen ein lautes Weinen nicht länger zurückhalten, und auch Latréaumont gab sich rückhaltslos seinem Schmerze hin, der ihn übermannte. Ich ließ sie eini-

---

[1] Handelskarawane
[2] Raubkarawane

ge Zeit gewähren und fragte dann: »Erhielten Sie keine bestimmte Nachricht über sein Schicksal? Die Räuber der Wüste pflegen keinen Pardon zu geben.«

»Er lebt noch!«

»Ah! Das müssen Sie als ein Wunder betrachten, wenn nicht ein Irrtum vorliegt!«

»Er lebt sicher, denn wir erhielten Nachricht von ihm.«

»Durch wen?«

»Durch einen Tuareg, welcher von dem Aguid[3] abgeschickt worden war. Er verlangte ein Lösegeld.«

»Welches Sie bezahlten?«

»Ich mußte; ich konnte nicht anders.«

»Worin bestand es?«

»In Waren, die ich nach der Oase Melrir zu schicken hatte.«

»Und Ihr Sohn?«

»Kehrte dennoch nicht zurück; die treulosen Räuber traten mit einer neuen Forderung auf.«

»Die Sie auch befriedigten?«

»Ja.«

»Und mit demselben Erfolge?«

»Kann ich noch nicht sagen. Als der zweite Bote kam, war Bothwell eben eingetroffen. Das war vor ungefähr zehn Monaten, und —«

»So lange ist Sir Emery bereits in Afrika?« unterbrach ich ihn. »Er wollte erst im gegenwärtigen Monat nach Algier gehen!«

»Er hat sich nur einige Wochen in Altengland ausgeruht und dann der alten Reiselust nicht länger widerstehen können. Helas, er kam zur rechten Zeit!«

»Ich ahne das weitere, Monseigneur! Das Gouvernement mit all den ihm zu Gebote stehenden Mitteln konnte Ihnen nichts nützen. Sie waren auf sich selbst angewiesen, und da hat sich unser Englishman erboten, die Sache in die Hand zu nehmen.«

»So ist es!«

---

[3] Anführer der Gum

»Welche Maßregeln traf er?«

»Er ließ die verlangten Waren abgehen, folgte aber heimlich nach.«

»Ein kühnes Unternehmen! Mit welcher Begleitung reiste er?«

»Nur mit einem Führer und einem einzigen arabischen Diener.«

»Wohin ging der Weg?«

»Dieses Mal waren die Güter nach der Oase Lotr bestimmt.«

»Welche Waren wurden verlangt?«

»Fertige Burnus und Kopftücher, lange Flinten, Messer, Decken, weit ausgeschnittene Schuhe, wie sie die Araber zu tragen pflegen, und eine Menge für uns allerdings beinahe wertlose Zeltgegenstände.«

»Ich sehe, die Gum will sich eine vollständige Ausstattung erpressen und wird dann dennoch Ihren Sohn nicht ausliefern. Der Araber hält es für keine Sünde, einen Ungläubigen zu betrügen, und muß, wenn man ihn sicher haben will, bei gewissen empfindlichen Punkten gefaßt werden. Aber, Monseigneur, Emery hat sämtliche Waren zeichnen lassen?«

»Woher wissen Sie das?« fragte er überrascht.

»Ich hörte es von niemand. Er handelt hier als amerikanischer Westmann, und von dieser Seite kennen wir uns genau. Wer unter den Indianerstämmen des wilden Westens jahrelang und in jedem Augenblick in Todesgefahr schwebte, hat sich an Scharfsinnigkeiten gewöhnt, welche ihm wohl auch in der Sahara von Nutzen sein können. Wie war das Zeichen?«

»Es bestand in den Anfangsbuchstaben meines Namens André Latréaumont, also in einem A. L. Ich ließ es den Kolben und Griffen der Flinten und Messer einbrennen und nebst einer Arabeske dem Kragenteile der Burnus und den Ecken der Kopftücher und Decken einsticken.«

»Emery wird die Räuber daran erkennen. Haben Sie keine Nachricht von ihm?«

»Eine sehr bestimmte. Ich erhielt sie vor zwei Wochen und erwarte seitdem sehnlichst Ihre Ankunft, denn sie bezieht sich meist auf Sie, Monseigneur.«

»Ich soll ihm folgen, nicht?«

»Allerdings. Hier sind die Zeilen, welche er von Zinder aus sandte!«

Das Papier lag auf dem Tische, ein Zeichen, wie oft während dieser vierzehn Tage die Augen der drei Personen auf demselben geruht hatten. Bothwell schrieb nur wenige Worte. Er hatte zwar noch keinen größern Erfolg zu verzeichnen, bat aber dennoch, die Hoffnung nicht sinken zu lassen, und knüpfte hieran die Bitte, mich ihm nach meiner Ankunft sofort nachzusenden. Das Papier enthielt weder eine Orts- noch eine Zeitbestimmung.

»Wer brachte diesen Brief?« erkundigte ich mich.

»Ein Araber vom Stamme der Kubabisch, welcher den Befehl hat, auf Ihre Ankunft zu warten und Ihnen als Wegweiser zu dienen.«

»Wo befindet er sich?«

»Hier im Hause. Befehlen Monseigneur, ihn rufen zu lassen?«

»Ich bitte darum!«

Ich mußte mich im stillen ein Glückskind nennen, denn kaum hatte mein Fuß die afrikanische Erde betreten, so wurde ich in eine Angelegenheit gezogen, welche mir eine reiche Aussicht auf die interessantesten Erlebnisse eröffnete. Latréaumont klingelte nach dem Araber, und die Damen vergaßen in Erwartung der kommenden Verhandlung für kurze Zeit den Schmerz, welcher sie bewegte.

Während meiner Anwesenheit in Aegypten hatte ich einen Ausflug nach Siut, Dakhel, Khardscheh und Soleb bis zur Oase Selimeh unternommen und war auf demselben mit einigen Kubabisch zusammengetroffen, die ich als tapfere Krieger und tüchtige Führer kennen gelernt hatte. Daher sah ich der Unterredung mit dem Kubbaschi[4] nicht ohne ein auch persönliches Interesse entgegen.

----

[4] Singular von Kubabisch

Er trat ein. Die Araber sind nur selten über Mittelgröße und meist von schlanker, hagerer Gestalt; dieser Mann aber war fast ein Riese zu nennen. Er war so hoch und breit gewachsen, daß mir beinahe ein Ausruf des Erstaunens entfahren wäre, und sein langer, dichter Vollbart, verbunden mit dem Umstande, daß er bis unter die Zähne in allen möglichen Waffensorten stak, gab ihm ein höchst martialisches Aussehen. Das war jedenfalls ein Begleiter, wie ich mir keinen bessern wünschen konnte, denn schon sein bloßer Anblick mußte dem Feinde Furcht einjagen.

Er verbeugte sich mit über die Brust gekreuzten Händen bis beinahe herab zur Erde, und mit tiefer, dröhnender Baßstimme erklang sein »Sallam aaleikurn, Friede sei mit Euch!«

»Marhaba, du sollst willkommen sein!« antwortete ich ihm. »Du bist ein Sohn der tapfern Kubabisch?«

Ein stolzer Blick seines dunklen Auges blitzte mir entgegen.

»Die Kubabisch sind die berühmtesten Kinder des großen Abu Zett, Sihdi[5]; ihr Stamm umfaßt mehr als zwanzig Ferkah, und der tapferste derselben ist En Nurab, zu dem ich gehöre.«

»En Nurab? Ich kenne ihn; sein Scheikh ist der weise Fadharalla-Uëlad-Salem, neben dessen Stute ich geritten bin.«

»Bismillah, das ist gut, Sihdi, denn nun darf ich deine Stimme hören, obgleich du ein Ungläubiger bist aus dem armen Lande Frankhistan!«

»Wie ist dein Name?«

»Mein Name ist schwer für die Zunge eines Inglese. Er lautet Hassan-Ben-Abulfeda-Ibn-Haukal al Wardi-Jussuf-Ibn-Abul-Foslan-Ben-Ishak al Duli.«

Ich mußte lächeln. Hier stand einer jener Araber vor mir, welche ihrem einfachen Namen den ganzen Stammbaum beifügen, teils um ihre Ahnen zu ehren, meist aber um auf den Hörer einen Eindruck zu machen. Ich entgegnete daher: »Hassan-Ben-Abulfeda-Ibn-Haukal al Wardi-Jussuf-Ibn-Abul-Foslan-Ben-Ishak al Duli. Die Zunge eines Inglese vermag

---

[5] Herr

einen Namen auszusprechen, der, wenn er niedergeschrieben wird, von Bengasi bis nach Kaschenah reicht; dennoch aber werde ich dich nur Hassan nennen, weil Mohammed sagt: ›Sprich nicht zehn Worte, wo ein einziges genügt!‹«

»Mein Ohr wird verschlossen sein, wenn du mich Hassan rufst, Sihdi. Die mich kennen, nennen mich Hassan el Kebihr, Hassan den Großen; denn du mußt wissen, daß ich Djezzar-Bei, der Menschenwürger, bin!«

»Allah akbar, Gott ist groß; ihn kennt jede Kreatur, aber von Djezzar-Bei, dem Menschenwürger, habe ich noch nie ein Wort vernommen! Wer hat dich so genannt?«

»Ein jeder, der mich kennt, Sihdi!«

»Und wie viel Menschen hast du bereits erwürgt?«

Er schlug verlegen die Augen zu Boden.

»Die Steppe bebt und die Sahel erzittert, wenn Djezzar-Bei erscheint, Sihdi; aber sein Herz ist voll Gnade, Langmut und Barmherzigkeit, denn ›deine Hand sei stark wie die Tatze des Panthers, doch lind wie der Halm des Grases auf dem Felde‹, lehrt der fromme Abu Hanifa, dem jeder Gläubige gehorcht.«

»So ist dein Name makasch[6], und ich werde ihn erst dann gebrauchen, wenn ich überzeugt bin, daß du ihn verdienst!«

Ich begann zu ahnen, daß der gute Hassan el Kebihr trotz seiner riesigen Gestalt und des Waffenarsenals, welches er um sich hängen hatte, ein höchst unschädliches Menschenkind sei. Die Wüste hat ihre Renommisten ebenso wie die Bierbank oder der Salon.

»Ich habe ihn verdient, sonst hätte ich ihn nicht, Sihdi,« antwortete er stolz. »Sieh diese Flinte, diese Pistolen, diese Muzra[7], dieses Kussa[8] und dieses Abu-Thum[9], vor dem selbst der kühne Uëlad Sliman flieht! Und du willst mir meinen Namen verweigern? Selbst Sihdi Emir hat ihn mir gegeben!«

---

[6] Nichts
[7] Messer
[8] Zweihändiges Schwert
[9] Lanze

Sihdi Emir? Verwandelte er vielleicht das englische Emery in das morgenländische Emir?

»Wer ist Sihdi Emir?« fragte ich ihn.

»Rabbena chaliëk, Gott erhalte dich, Sihdi, und deinen Verstand! Kennst du nicht den Namen dessen, der mich zu dir sendet?«

Wahrhaftig, er hatte aus unserm Emery einen Emir gemacht! Der liebenswürdige Wunsch, mit welchem er seine Verwunderung aussprach, mußte mich belustigen, doch nahm ich einen ernsteren Ton an, um ihn in die gebotenen Schranken zurückzuweisen.

»Erzähle mir von Sihdi Emery!«

»Ich war in Bilma, von wo aus ich eine Kaffila nach Zinder geleitete. Du mußt nämlich wissen, Sihdi, daß Hassan el Kebihr, Hassan der Große, ein berühmter Khabir[10] ist, der alle Wege der Sahara kennt und ein Auge besitzt, dem nicht die geringsten Darub und Ethar[11] entgehen!«

War dies wirklich so, dann mußte mir seine Begleitung allerdings von großem Vorteile sein. Ich beschloß, ihn sofort auf die Probe zu stellen, um zu sehen, was ich von ihm zu halten hatte.

»Sagst du die Wahrheit, Hassan?«

Er nahm die stolzeste Haltung und Miene an, die ihm möglich war.

»Weißt du, was ein Hafizh ist, Sihdi?«

»Einer, der den Koran auswendig kennt.«

»Du bist klug, obgleich du aus dem Lande Frankhistan stammst. Nun wohlan, Sihdi! Hassan-Ben-Abulfeda-Ibn-Haukal al Wardi-Jussuff-Ibn-Abul-Foslan-Ben-Ishak al Duli ist ein Hafizh, der dir alle hundertvierzehn Suras und alle sechstausendsechshundertsechsundsechzig Ayats des Kuran hersagen kann; du aber bist ein Giaur. Willst du an dem Worte eines echten Moslem zweifeln?«

»Hüte deine Zunge, Hassan, denn ich bin nicht gewohnt, mich von jemand beschimpfen zu lassen, und wenn er

---

[10] Karawanenführer
[11] Spuren und Fährten

zehnmal ein Hafizh und hundertmal ein Moslem ist! Strenge dein Gedächtnis an, so wirst du dich entsinnen, daß die Christen nicht ungläubig sind, weil sie ebenso wie ihr ein ›heiliges Buch‹ empfangen haben; so sagen alle weisen Lehrer von dem ersten Emir el Mumiain an bis herab zu deinem frommen Abu Hanifa, dem jeder Gläubige gehorcht, wie du vorhin sagtest. Du hast den Koran gelernt; aber kennst du auch den Ilm tefsir el Kuran[12]? Dort heißt es, daß nur ein Parsi und ein Götzendiener ein Giaur ist!«

»Du bist weise wie ein Softha[13], Sihdi; noch weiser aber wärst du, wenn du glaubtest, was ich dir sage!«

»Ich will es glauben, wenn du mir sagst, welche Oasen den Schlüssel zum Rif[14] bilden!«

»Ain es Salah, Ghadames, Ghat, Murzuk, Audschelah und Siut.«

»Und zum Sudan?«

»Aghades und Ahir, Bilma, Dongola, Khartum und Berber.«

»Wie reist man von Kordofan nach Kairo?«

»Von Lobeidh nach Khartum über Kurssi, Sanzür, Koamat und Tor el Khada. Die Reise dauert zehn Tage. Oder von Lobeidh nach Debbeh über Barah, Kaymar, Dschebel, Haraza, Way und Ombelillah. Dieser Weg ist um acht Tage länger, aber besser als der vorige.«

»Wie lange braucht man, um von Soaken nach Berber zu kommen?«

»Der Weg geht über den berühmten Brunnen von Ruay und durch das Gebiet der Amaver, Hadendoa und Omram, die sämtlich nubische Hirten sind. Du kannst ihn in zwölf Tagen zurücklegen, Sihdi.«

Er gab seine Antworten schnell, korrekt und mit einer Miene, in welcher sich eine sichtbare Genugthuung über die glanzvolle Art und Weise aussprach, mit der er das kurze Examen bestand.

»Ich glaube dir, Hassan,« entschied ich jetzt einfach. »Jetzt erzähle weiter! Also du geleitetest eine Kaffila nach Zinder!«

---

[12] Kommentar zum Koran
[13] Student der Theologie
[14] Küste von Tripolis und Aegypten

»Von Bilma nach Zinder. Dort traf ich den Sihdi Emir. Er gab mir alles, was ich brauchte, und sandte mich hierher, wo ich einen tapfern Sihdi aus Germanistan[15] finden würde, den ich zu ihm bringen soll.«

»Wo soll ich ihn treffen?«

»Beim Bab-el-Ghud (Dünenthor), wo man aus den wandernden Sandhaufen in die Felsen des Serir (Steinwüste) gelangt. Hast du gehört von den bösen Djinns[16] der Wüste, Sihdi?«

»Ich kenne sie. Hast du Angst vor ihnen, Hassan?«

»Angst? Hassan el Kebihr, der große Hassan, fürchtet weder die Scheitans[17] noch die bösen Djinns; er weiß, daß sie fliehen, wenn er den Surat en nas und den Surat el falak betet. Du aber bist ein Christ und kannst keinen Surat (Sure) beten, darum werden sie dich verschlingen, wenn du in das Serir kommst, wo sie wohnen.«

»Warum hast du da den Sihdi Emir nach dem Bab-el-Ghud gehen lassen? Sie werden ihn verschlungen haben, ehe wir ihn erreichen!«

Diese unerwartete Entgegnung brachte ihn doch in einige Verlegenheit, aber er wußte sich zu helfen.

»Ich werde für ihn beten!«

»Für einen Ungläubigen? Gut, Hassan, ich sehe, daß du ein frommer Sohn des Propheten bist; bete auch für mich: für ihn den Surat en nas und für mich den Surat el falak, dann brauchen wir uns vor den Djinns der Wüste nicht zu fürchten. Ich werde aufbrechen morgen, wenn die Sonne sich erhebt.«

»Allah akbar, Gott ist groß, Sihdi! Er kann alles und darf alles; der Mensch aber muß ihm gehorchen und darf keine Reise antreten zur Zeit der Morgenröte. Die Zeit des Aufbruches ist drei Uhr nachmittags oder das heilige Assr, zwei Stunden vor dem Abend.«

---

[15] Deutschland
[16] Geister
[17] Teufel

»Du vergissest, Hassan, daß diese Zeit nur den Karawanen gilt; der einzelne Reisende aber kann gehen, wenn es
ihm beliebt.«

»Sihdi, du bist wirklich ein großer und gelehrter Fakih[18],
und ich beklage die Stunde, welche dir einen Franken zum
Vater und eine Christin zur Mutter gegeben hat. Ich sehe,
daß du ein Hafizh bist, der nicht allein den Kuran, sondern
auch den Ilm tefsir el Kuran auswendig kennt, und werde dir
treu und gehorsam sein und dich führen, wohin du willst!«

»Was hast du für Tiere?«

»Keines, Sihdi. Ich ritt mit zwei Djemmels (Kamelen) von
Zinder ab; das eine stürzte mir in der Tehama[19] und das
andere war, als ich hier anlangte, so abgetrieben, daß ich es
verkaufen mußte.«

»So werden wir mit der Steppenpost von hier nach Batna
gehen und von dort mit der Wüstenpost über den Djebel-
bouRezal nach den achtzehn Oasen des Siban, wo wir uns
in Biskara mit guten Hedjihns (Reitkamelen) versehen können. Also halte dich bereit, früh mit der Sonne aufzubrechen, und überzeugst du mich bis Bab-el-Ghud von deiner
Tapferkeit, so werde ich mich nicht weigern, dich Djezzar-Bei
und el Kebihr zu nennen!«

»Meinst du vielleicht, Sihdi, daß ich ein Tuschan (Hasenfuß) bin? Ich fürchte weder den Löwen noch den Smum
(Wüstenwind); ich fange die Assaleh[20] und den Vogel
Strauß; ich jage die Gazelle und das Gnu, und ich töte den
Panther und den Skorpion. Wenn meine Stimme erschallt,
so zittert jedermann, und auch du wirst mir den Namen
nicht versagen, der mir gebührt. Sallam aaleikum, Friede sei
mit Euch!«

Nach einer tiefen Verbeugung verließ er das Zimmer.

Madame Latréaumont trat abermals auf mich zu und faßte meine Hand.

»Also wirklich, Sie erfüllen unsere Bitte, Monseigneur, obgleich dieselbe so groß und so kühn ist? Und schon morgen

---

[18] Gesetzeskundiger
[19] flache Wüste
[20] gefährlichste Schlange der Steppe

wollen Sie fort, ohne zuvor unsere Gastfreundschaft zu genießen?«

»Madame, wir befinden uns in einer Lage, welche schnelles Handeln erfordert, und wenn Sie mir erlauben, werde ich Sie nach unserer Rückkehr um Ihre Gastfreundschaft ersuchen. Vielleicht gestatten Sie mir, bis dahin diejenigen meiner Effekten, welche ich nicht mitnehmen kann, bei Ihnen einzustellen!«

»Sûr, assurément, Monseigneur! Ich werde sofort nach dem Schiffe senden, um alles, was ---«

»Pardon, Madame, ich stieg bereits im Hotel de Paris ab.«

»Wirklich, das thaten Sie? Wissen Sie, Monseigneur, daß dies eine große Beleidigung für uns ist?«

Ich hatte einige freundliche Vorwürfe zu hören, dann wurde die Angelegenheit einem Diener übergeben. Eben war ich bereit, mich in das mir angewiesene Zimmer zurückzuziehen, als ein Araber gemeldet wurde, welcher mit Monseigneur zu sprechen wünsche. Der Mann wurde in meiner Gegenwart im Sprechzimmer empfangen.

Er war von langer, hagerer und sehniger Gestalt. Sein Burnus war außerordentlich mitgenommen; die ausgefransten Kamelhaarschnüre hingen ihm in Fetzen um die Kapuze, und jeder Zollbreit an ihm zeigte den echten Wüstensohn, der vor keiner Gefahr zurückbebt und jede Entbehrung mit Gleichmut zu ertragen weiß.

»Sal - aaleïk -!« grüßte er mit stolzer Abkürzung der beiden Worte. Nicht die leiseste Neigung seines Hauptes ließ sich bemerken; der Kolben seines langen Gewehres klang mit rücksichtslosem Tone auf den Marmorfließen, und sein dunkles Auge flog mit einem Blick, in welchem sich die Ueberlegenheit des freien Mannes und Rechtgläubigen aussprechen sollte, von einem zum anderen.

»Sprechen Sie mit ihm, Monseigneur,« raunte mir Latréaumont zu. »Es ist der Tuareg, welcher wegen Rénald bereits bei mir war.«

Nichts konnte mir lieber sein, als daß der Bote gerade heute noch kam.

»Sal - aal -!« antwortete ich noch kürzer. Der Beduine giebt durch diese Art der Ausdrucksweise gern den Grad der Achtung zu erkennen, welche er dem andern widmet. »Was willst du?«

»Du bist nicht der, mit dem ich zu sprechen habe!«

»Du hast mit keinem andern als mit mir zu reden!«

»Ich komme nicht zu dir.«

»So kannst du wieder gehen!«

Ich drehte mich um. Auch die andern wandten sich dem Ausgange zu.

»Sihdi!« sagte er.

Ich schritt weiter.

»Sihdi!« rief er dringlicher.

Ich wandte bloß den Kopf.

»Was noch?«

»Ich werde mit dir sprechen!«

»So bemühe dich, höflich zu sein, sonst sende ich dich hinab auf die Straße. Wie ist dein Name?«

»Ich heiße Mahmud Ben Mustafa Abd Ibrahim Jaakub Ibn Baschar.«

»Dein Name ist länger als dein Gruß. Euer Prophet, der große Mohammed Ibn Abdallah el Haschemy, sagt: ›Seid höflich auch mit den Ungläubigen und Feinden, damit sie euren Glauben und die Kaaba achten lernen!‹ Merke dir das! Du bist ein Tuareg?«

»Ein Tuareg und Imoscharh.«

»Von welchem Stamme?«

»Hedjahn-Bei, der Karawanenwürger, erlaubt seinen Kriegern nicht, den Franken ihren Stamm zu nennen.«

Beinahe hätte mich ein kleiner Schreck erfaßt. Also Rénald war Gefangener des berüchtigten Hedjahn-Bei! Das war das Schlimmste, was ich erfahren konnte. Ich hatte selbst in der Ferne von diesem ebenso grausamen wie verwegenen Wüstenräuber gehört und wußte, daß er der Schrecken aller Karawanen sei. Niemand vermochte zu sagen, zu welchem Stamme er eigentlich gehöre; die ganze, weite Wüste war sein Jagdgebiet. Von der algerischen Steppe bis hinunter zum Sudan und von den ägyptischen Oasen bis hinüber nach Wadan und Walada in der westlichen Sahara war sein Name bekannt. Bald hier, bald dort auftauchend, war er stets ebenso schnell verschwunden, wie er gekommen war; doch stets und überall kostete sein Erscheinen Opfer an Gütern und Menschenleben. Er mußte geheime Aufenthaltsorte haben, die über die ganze Sahara zerstreut lagen; er mußte Agenten besitzen, die ihm von jeder bedeutenden Kaffila Nachricht brachten und ihm behilflich waren, die geraubten Güter an den Mann zu bringen. Aber seine Person und seine Thaten waren in so geheimnisvolles Dunkel gehüllt, daß eine Aufklärung bisher unmöglich gewesen war. Ich hielt es für geraten, gegen seinen Boten so zu thun, als ob ich noch gar nichts von ihm gehört habe.

»Hedjahn-Bei? Wer ist das?«

»Kennst du den Karawanenwürger nicht? Ist dein Ohr taub, daß du noch nichts von ihm vernommen hast? Er ist der Herr der Wüste, fürchterlich in seinem Zorne, gräßlich in seinem Grimme, schrecklich in seinem Hasse und unüberwindlich im Kampfe. Der junge Ungläubige ist sein Gefangener.«

Ich lachte.

»Unüberwindlich im Kampfe? So kämpft er wohl nur mit dem kleinen Schakal und der feigen Hyäne? Kein Franke fürchtet sich vor ihm und seiner Gum. Warum giebt er den Gefangenen nicht frei? Hat er nicht zweimal Lösegeld erhalten?«

»Die Wüste ist groß, und der Hedjahn-Bei hat viele Männer, welche Kleider, Waffen und Zelte brauchen.«

»Der Karawanenwürger ist ein Lügner und Betrüger. Sein Herz kennt nicht die Wahrheit, und seine Zunge ist falsch; sie hat zwei Spitzen wie die Zunge der Schlange, der man den Kopf zertritt. Mit welcher Botschaft sendet er dich?«

»Gieb uns Burnus und Schuhe, Waffen und Pulver, Spitzen für unsere Speere und Tücher für unsere Zelte!«

»Ihr habt bereits zweimal erhalten, was du begehrst. Du wirst nicht den Zipfel eines Tuches und nicht ein Körnchen Pulver mehr erhalten!«

»So stirbt der Gefangene!«

»Der Hedjahn-Bei giebt ihn nicht los, auch wenn er erhält, was er von uns fordert.«

»Er wird ihm seine Freiheit schenken. Der Würger der Karawanen ist gnädig, wenn er den Preis erhält.«

»Wie viel fordert er?«

»So viel, als er bereits erhalten hat.«

»Das ist viel. Du willst die Waren mitnehmen?«

»Nein. Du wirst sie ihm senden wie die beiden andern Male.«

»Wohin?«

»Nach dem Bab-el-Ghud.«

Das war ja derselbe Ort, nach welchem mich Emery bestellt hatte! War dies Zufall oder wußte er, daß der Räuber sich dort befinden würde?

»Werden wir den Gefangenen dort treffen und gegen das Lösegeld erhalten?«

»Ja.«

»Sagst du die Wahrheit?«

»Ich lüge nicht!«

»Du hast bereits zweimal ja gesagt, und doch gelogen. Schwöre es mir!«

»Ich schwöre es!«

»Bei der Seele deines Vaters?«

»Bei - der Seele meines - - Vaters!« stieß er zögernd hervor.

»Und beim Barte des Propheten!«

Jetzt wurde er vollständig verlegen.

»Ich habe geschworen; das ist genug!«

»Du hast geschworen bei der Seele deines Vaters, die nicht mehr wert ist, als die deinige. Für beide zusammen gebe ich nicht eine einzige Sisch oder Bla halef (Verkrüppelte Dattel), und ein Schwur bei ihnen ist kein Sandkorn wert, deren doch die Wüste voll ist vom Aufgang bis zum Niedergang. Schwörst du beim Barte des Propheten?«

»Nein.«

»So ist dein Wort wieder Lug und Trug, und du wirst die Sterne der Wüste nicht wieder sehen.«

Sein Auge leuchtete auf.

»Wisse, Ungläubiger, daß die Seele des Gefangenen zur Tschehennah[21] fahren wird, wenn ich nicht bis zur rechten Zeit beim Hedjahn-Bei eingetroffen bin; dieses schwöre ich dir allerdings beim Barte des Propheten, der seine Gläubigen zu schützen weiß!«

»Dann wird deine Seele ihr vorangehen, und die Gebeine des Karawanenwürgers und seiner Gum werden bleichen im Sonnenbrande, das schwöre ich dir bei Jesus, dem Sohn Mariens, den ihr Isa Ben Marryam nennt, und der mächtiger und größer ist als Mohammed; denn ihr selbst sagt, daß er sich einst auf die Moschee der Ommijaden zu Damaskus niederlassen wird, um zu richten alle Kreaturen der Erde, der Luft und des Wassers!«

Er warf den Kopf empor und fuhr sich mit den Nägeln der geöffneten Rechten rasch unter den Bart, bei den Beduinen die Gebärde der vollständigsten Verachtung.

»Ihr werdet alles bringen, was wir verlangen! Ich war zweimal bei euch, und ihr habt es nicht gewagt, eure Hände an den Gesandten des Hedjahn-Bei zu legen; ihr werdet es auch heute nicht thun. Hundert Männer wie du vermögen nicht, ihn zu besiegen, und tausend Männer deinesgleichen werden seine Gum nicht überwinden, denn du bist – ein Giaur!«

Ich trat sofort mit erhobener Faust auf ihn zu.

»Ist dein Kopf leer und dein Geist verdorrt, daß du es wagst, mir dieses Wort zu sagen, du, der du nichts bist als ein Kelb[22], den man zur Erde schlägt?!«

Er ließ sofort die Flinte zur Erde gleiten und erhob die beiden Arme. An jedem Handgelenke hing ihm ein scharfes, spitzes Kussa von wohl acht Zoll Klingenlänge. Während der gewöhnliche Beduine nur ein solches Messer trägt, führt der Wüstenräuber deren zwei, welche er in der Weise gebraucht, daß er den Feind umarmt und ihm die beiden Klingen dabei in den Rücken stößt. Mein Tuareg hielt sich zu demselben Verfahren bereit.

---

[21] Hölle
[22] Hund

»Willst du das Wort widerrufen?« fragte ich.

»Ich sage es noch einmal, Giaur!«

»So falle nieder vor dem Giaur!«

Noch ehe er eine Bewegung machen konnte, traf ihn meine Faust auf die Stirn; er knickte zusammen und sank besinnungslos zu Boden. Es war dies ganz derselbe Jagdhieb, wegen dessen man mich in der Prairie Old Shatterhand genannt hatte.

»O mon Dieu!« kreischte Madame auf, »Sie haben den Mann erschlagen; er ist tot; vollständig tot!«

Mademoiselle lag in halber Ohnmacht auf dem Diwan, neben welchem sie gestanden hatte, und Latréaumont war sprachlos und machte ein Gesicht, als ob der Blitz grad vor ihm in den Boden gefahren sei.

»Keine Sorge, Madame,« tröstete ich; »dieser Geselle lebt noch, wenn ihm auch die Besinnung für einige Zeit abhanden gekommen ist. Ich kenne meine Faust genau; wäre es meine Absicht gewesen, ihn zu töten, so hätte ich ein wenig weiter ausgeholt.«

Diese Worte brachten den erschrockenen Franzosen wieder zu Atem.

»Aber Sie sind ja ein Gigant, ein wahrer Goliath, Monseigneur! Bei mir hätte es wenigstens einiger hundert Hiebe bedurft, um diesen Mann par terre zu bringen!«

Das kleine Männchen, welches mir kaum bis zur Schulter reichte und die Hände eines Kindes besaß, hatte jedenfalls recht. Er hätte wohl Monate lang auf dem Schädel des Tuareg herumhämmern können, ohne ihm einigermaßen wehe zu thun.

»Bitte, Monseigneur,« erwiderte ich, »sorgen Sie dafür, daß dieser Beduine gebunden und der Polizei überliefert werde: ihre Gewalt reicht zwar nicht bis in die Wüste; hier aber wird sie sich Ihnen gern zur Disposition stellen.«

Er sah mich ganz überrascht an.

»Ist das Ihr Ernst, Monseigneur?«

»Gewiß!«

»Mon ciel, das dürfen wir doch nicht thun, denn dann wird der fürchterliche Hedjahn-Bei unsern armen Rénald töten!

Ich glaube vielmehr, daß dieser gräßliche Hieb schon ein ganz außerordentliches Wagnis ist!«

»Ich werde Ihnen meine Gründe erklären, ersuche Sie aber dringend, bis dahin so zu handeln, wie ich es von Ihnen erbitte. Oder sagten Sie nicht vorhin, daß ich im Besitze Ihres vollständigen Vertrauens sei?«

»Gewiß, gewiß, Monseigneur. Ich stehe ja schon im Begriffe, die Dienerschaft zu rufen!«

Er eilte nach dem Klingelzuge, und auf den ungewöhnlich lauten Ton der Glocke kam die sämtliche disponible Domestikenschaft herbeigestürzt.

»Bindet diesen Menschen, und werft ihn in ein festes Gewölbe, bis die Polizei kommt, um ihn abzuholen!« befahl der Hausherr mit einer Miene, als sei er es gewesen, der den »gräßlichen Hieb« geführt hatte.

Man stürzte sich mit echt südlicher Lebhaftigkeit auf den Besinnungslosen, und in zwei Augenblicken war er mit allen möglichen Dingen, die einstweilen als Fesseln dienen konnten, so eng zusammengeschnürt, daß ihm nach seinem Erwachen sicherlich keine Bewegung möglich war. Dann faßten acht eifrige Hände den Gefangenen, um ihn fortzuschleifen.

Ein einziger von den Dienern war am Eingange stehen geblieben, ohne sich an den Bemühungen der andern zu beteiligen. Er war eine untersetzte, breitschulterige Figur und hatte ein Gesicht, welches mir zu der morgenländischen Kleidung, welche er trug, gar nicht recht zu passen schien. Als er den Aufwand von Kräften bemerkte, mit welchem die andern vier den Tuareg nach der Thür zogen, trat er heran und schob sie beiseite.

»Maschallah, tausend Schwerebrett, is des aan Gezieh und an Gezerr! Packt euch fort, ihr Nixnutz ihr, denn dos bring' ich halt ganz allein fertig!«

Ein Ruck, ein kräftiger Schwung, und er hatte den Tuareg auf die Achsel geworfen.

Vor Freude über die so unerwarteten deutschen Laute ließ ich ihn fast aus dem Zimmer laufen, ohne ihn nur zurückzuhalten.

»Halt!« rief ich, als er bereits die Thür geöffnet hatte. »Du bist ein Deutscher?«

Im Nu hatte er sich trotz seiner Last zu mir herumgedreht. Sein breites, ehrliches Gesicht glänzte von einem Ohre bis zum andern.

»Dos will ich wohl meinen, Herr! Sie wohl auch?«

»Allerdings. Wo bist du daheim?«

»Ich bin zu Haus' in Kaltenbrunn bei Staffelstein.«

»Also in Bayern. Aber dein Dialekt ist ein anderer als der in der Gegend von Staffelstein, wo ich ein so gutes, laufiges Bier getrunken habe!«

»Ja, Herr, dos is – – aber da habt ihr halt den Kerl wieder! Schleift ihn meinetweg'n, wohin ihr wollt!« unterbrach er sich, indem er den Tuareg zur Erde gleiten ließ. Dieser wurde hinausgeschafft, der Landsmann aber wandte sich wieder zu mir und reichte mir treuherzig die Hand. »So, itzt hab' ich halt nun die Händ' wieder frei. Grüß' Gott, Herr, in Afrika! Ja, in Staffelstein, da giebt's aan Bier, aan Bier, sag' ich, dos läuft wie die Maus ins Loch; drum ist's ganz richtig, wenn Sie sag'n, daß es laufig is. Also dort gewes'n sind Sie? Na, dos is halt schön; dos is halt prächtig! Und an meiner Sprach' is halt niemand schuld als die Leut' aus Baden und der Rheinpfalz hier, die mir den Staffelsteiner Dialekt halt ganz verdorben hab'n.«

»Es sind Süddeutsche hier?«

»Satt und genug, Herr. Sie sind drauß'n auf dem Dorf Dely Ibrahim bei El Biar, wo's Trappistenkloster is. Aber wo sind denn Sie zu Haus'?«

»Ich bin ein Sachse.«

»Maschallah, tausend Schwerebrett, aan Nachbar von daheim! Darf ich halt frag'n, wie lange Sie noch hier bleiben werd'n?«

»Morgen früh reise ich wieder ab.«

»Schon! Wohin denn, wenn's erlaubt sein wird?«

»In die Sahara.«

»In die Sand- und Mördergrube? Aan Stück bin ich schon d'rin gewes'n, nämlich in Farfar, und hab' schon lang wieder 'mal hineingewollt. Maschallah, Herr, darf ich halt mit?«

Diese Frage kam mir nicht unwillkommen. Einen Diener mußte ich haben, und ein Deutscher war mir auf alle Fälle lieber als jeder andere.

»Gingst du wirklich mit?«

»Auf der Stell' und mit Plaisir!«

»Kannst du reiten?«

»Reiten? Wie der Teufel, Herr! Ich bin ja mit der Fremdenlegion herübergekommen und hab' halt bei den Chasseurs d'Afrique gestand'n.«

»Verstehst du Arabisch?«

»Grad was gebraucht wird, ja.«

»Was warst du früher?«

»Schreiner. Hab' auch was Tüchtiges gelernt, Herr, besonders das Dreinschlag'n. Nachher bin ich halt in die weite Welt 'gangen und unter die Legion gerat'n, hol' sie der Kuckuck! Dann hab' ich in Dely Ibrahim gearbeitet, bis ich hier den Dienst erhalt'n hab'. Fragen Sie den Herrn; er wird halt zufried'n mit mir sein!«

»Du gehst mit. Ich werde dir seine Erlaubnis auswirken!«

»Maschallah, tausend Schwerebrett, dos is ja, als hätte heut' das Christkind beschert! Geht auch der große Hassan mit, der den langen Namen hat?«

»Ja. Er wird unser Führer sein.«

»Juch! Der gefällt mir schon! So lange er da is, hat's zwischen ihm und mir halt nix gegeben als Lust und Katzbalgerei. Ich geh' mit; ich geh' halt mit; drauf können Sie sich verlassen, Herr! Juch, Maschallah!«

Mit der Zunge und allen zehn Fingern schnalzend, sprang er in die Höhe und fuhr zur Thüre hinaus. – – –

2. Assad-Bei, der Herdenwürger

Die Steppe! –
Im Süden des Atlas, des Gharian und der Gebirge von Derna
liegt sie, von welcher Freiligrath so treffend sagt:
»Sie dehnt sich aus von Meer zu Meere;
Wer sie durchritten hat, dem graust.
Sie liegt vor Gott in ihrer Leere
Wie eine leere Bettlerfaust.
Die Ströme, die sie jach durchrinnen,
Die ausgefahrnen Gleise, drinnen
Des Kolonisten Rad sich wand,
Die Spur, in der die Büffel traben –
Das sind, vom Himmel selbst gegraben,
Die Furchen dieser Riesenhand.«
Von dem Gebiete des Mittelmeeres sich bis zur Sahara
erstreckend, also zwischen dem Sinnbilde der Fruchtbarkeit,
der Civilisation und dem Zeichen der Unfruchtbarkeit, der
Barbarei, bildet sie eine breite Reihe von Hochebenen und
nackten Höhenzügen, deren kahle Berge wie die klagenden
Seufzer eines unerhörten Gebetes aus traurigen, öden Flächen emporsteigen. Kein Baum, kein Haus! Höchstens ein
einsames, halb verfallenes Karawanserai bietet dem Auge
einen wohlthätigen Ruhepunkt, und nur im Sommer, wenn
ein armseliger Pflanzenwuchs den sterilen Boden durch-
dringt, wandern einige Araberstämme mit ihren Zelten und
Herden zur Höhe, um ihren mageren Tieren eine kaum ge-
nügende Weide zu bieten. Im Winter aber liegt die Steppe
vollständig verlassen unter der Decke des Schnees, welcher
auch hier trotz der Nähe der glühenden Sahara mit seinen
Flockenwirbeln über die erstorbene Einöde fegt.
Nichts ist rundum zu schauen als Sand, Stein und nackter
Felsen. Kieselbruch und scharfes Geröll bedeckt den Boden,
oder wandernde Ghuds (Dünen) schleichen sich, von dem
fliegenden Sande genährt, Schritt um Schritt über die trauri-
ge Fläche, und wo sich irgend einmal ein stehendes Gewässer zeigt, da ist es doch nur ein lebloser Schott, dessen
Wasser in seinem Becken liegt, wie eine tote Masse, aus

welcher jeder frische, blaue Ton verschwunden ist, um einem starren, unbelebten und schmutzigen Grau zu weichen. Diese Schotts vertrocknen während der Sommerhitze und lassen dann nichts zurück als ein mit Steinsalz geschwängertes Bett, dessen stechende Reflexe den Nerv des Auges töten.

Einst hat es auch hier Wälder gegeben; aber sie sind verschwunden, und nun fehlen die segensreichen Regulatoren der feuchten Niederschläge. Die Betten der Bäche und Flüsse, Wadis genannt, ziehen sich im Sommer als scharfe Einschnitte und wilde, felsige Schluchten von den Höhen herab, und selbst der Schnee des Winters vermag ihr grausiges Gewirr nicht genugsam zu verhüllen. Schmilzt er aber unter der Wärme der plötzlich eintretenden heißen Jahreszeit, so stürzt sich die brausende, tobende und donnernde Wassermasse ganz unvorhergesehen mit weithin hörbarem Brüllen zur Tiefe und vernichtet alles, was nicht Zeit findet, die schleunige Flucht zu ergreifen. Dann faßt der Beduine an die neunundneunzig Kugeln seines Rosenkranzes, um Allah zu danken, daß er ihn nicht dem Wasser begegnen ließ, und warnt die Bedrohten durch den lauten Ruf: »Flieht, ihr Männer, der Wadi kommt!«

Durch diese zeitweilige Flut und die stehenden Wasser der Schotts werden an den Ufern der Seen und Wadis dornige Sträucher und stachelige Mimosen hervorgelockt, welche die Kamele vermöge ihrer harten Lippen benagen können, unter deren Schutze aber auch der Löwe und der Panther schlafen, um von ihren nächtlichen Razzias auszuruhen. – – –

Wie vorher bestimmt, war ich am andern Morgen mit Hassan, dem Kubbaschi, und Josef Korndörfer, dem Staffelsteiner, von Algier abgereist. Wirklich hatten wir bis Batna die Steppenpost benützt; hier aber stellte sich unserer Weiterfahrt ein unerwartetes Hindernis entgegen.

Noch war mir die wahrhaft halsbrecherische Fahrt mit einem italienischen Vetturino von den Alpen nach Italien hinunter im Gedächtnisse; noch klang mir das haarsträubende »Allegro, allegrissimo!« welches er stets gerufen hatte, wenn ich ihn bat, langsamer und vorsichtiger zu fahren, in die Ohren; die alte Carrette wurde von den im Galopp bergab stürmenden Pferden am Rande grausiger Abgründe dahin- und um scharfe Felsenkanten herumgerissen, als habe ich meine Reise nur unternommen, um in der Tiefe irgend einer Gebirgsschlucht zerschmettert zu werden; und als ich endlich wohlbehalten die Ebene erreichte, war es mir, als sei ich einer Gefahr entronnen, gegen welche es für mich weder Wehr noch Waffe gegeben hatte.

Was aber war selbst diese Allegrissimotour gegen eine Reise mit der Steppenpost! Die Diligence bestand aus einem Wagen mit Interieur, Coupé und Blanquet und war mit acht Pferden bespannt, von denen zwei vorn und dann je drei neben einander gingen. Von einer Straße gab es keine Spur; die Fahrt ging immer in gestrecktem Laufe durch Löcher, über halsbrecherische Flußbetten, steile Pässe hinan, jähe Abhänge hinunter, und alle Augenblicke waren wir gezwungen, auszusteigen, um in rührender Geduld unsere Kräfte mit denen der unglücklichen Pferde zu vereinen, wenn es galt, den Wagen aus einem Loche herauszuarbeiten oder über eine Steilung hinwegzubringen, die selbst für einen Fußgänger beschwerlich gewesen wäre. Ich fühlte mich schon nach den ersten Stunden wie gerädert; Korndörfer raisonnierte ein »Maschallah« nach dem andern, und Hassan el Kebihr gab sich mit allen Kräften denjenigen interessanten Zerstreuungen hin, welche gewöhnlich mit der Seekrankheit verbunden zu sein pflegen. Der gute Araber vom berühmten Stamme der Kubabisch und dem Ferkah en Nurab hatte noch nie in einem Wagen gesessen; ich mußte unwillkürlich an seine grandiose Versicherung denken: »Die Steppe bebt, und die Sahel erzittert, wenn Djezzar Bei erscheint!« Jetzt bebte und zitterte er an allen Gliedern in der Steppe, und es war ihm anzusehen, daß es ihm ganz fürchterlich »giaur« zu Mute sei.

Sein Grimm über diesen unwürdigen Zustand machte sich erst in Batna Luft: »Allah kerihm, Gott ist gnädig, und ihm sei Dank, daß mich meine Haut zusammengehalten hat! Ist denn Hassan-Ben-Abulfeda-Ibn-Haukal al Wardi-Jussuff-Ibn-

Abul-Foslan-Ben-Ishak al Duli ein Blutegel, daß er wieder von sich geben muß, was er genossen hat? Ich schwöre es beim Barte des Propheten, daß Hassan el Kebihr nie wieder in ein Räderhaus steigen wird, wo ihm zu Mute wird, als ob er unter die Haschasch[23] gehöre! Djezzar-Bei, der Menschenwürger, hat seine Heimat im Serdj[24]; du wirst ihn nur nach Bab-el-Guhd bringen, Sihdi, wenn du ihm erlaubst, zu reiten!«

»Hassan hat Recht,« stimmte der Staffelsteiner bei. »Maschallah, tausend Schwerebrett, war dos aan Gerumpel und Gerassel in der alt'n Bude, die sie Diligence schimpfen! Ich fahr' mit acht Pferden und soll halt noch selber Vorspann thun? Dos hält kaan Mensch nit aus! Ich war Chasseur d'Afrique und will lieber die ärgste Bestie reiten als noch 'mal in die Bud' hineinschau'n!«

Ich mußte den beiden erbitterten Passagieren Recht geben, zumal ich mich bereits entschlossen hatte, auf die weitere Benutzung der Diligence zu verzichten. Ein Aufenthalt in Batna war mir nicht gestattet, und so engagierte ich einen Beduinen, mich und meine zwei Begleiter auf Pferden nach Biscara zu schaffen, wo ich mir Kamele zur Weiterreise kaufen wollte. Er aber riet mir, dies nicht zu thun, sondern mit ihm über das Auresgebirge nach einem arabischen Duar (Zeltdorf) zu gehen, wo ich bessere und zugleich billigere Kamele finden würde, als in Biscara.

Ich ging auf seinen Vorschlag ein, behielt mir aber vor, das Gebirge über den Fuhm-es-Sahar (Mund der Wüste) zu erreichen, um so lange wie möglich dem gewöhnlichen Reisewege folgen zu können. Ich konnte mir allerdings denken, daß ich im Duar frische und ungeschwächtere Tiere erhalten würde, als in der Stadt, wo vielleicht nur abgetriebene zu finden waren, die man notdürftig wieder aufgefüttert hatte; doch gab es noch einen Grund, welcher mich bestimmte, der Ansicht des Führers zu folgen. In den wilden Thälern des Auresgebirges ist der Löwe keine Seltenheit, und wenn ich

---

23 Haschischraucher
24 Sattel

auch wegen der Eile, mit welcher wir reisten, keine Hoffnung hatte, mit dem König der Tiere persönlich zusammenzutreffen, so war es doch vielleicht möglich, seine Spur zu sehen oder gar seine Stimme zu hören. Uebrigens war eine kleine Ewigkeit vergangen, seit ich den letzten Schuß gethan hatte, und ich fühlte eine wirkliche Sehnsucht, den Klang meiner Büchse wieder zu vernehmen und irgend ein jagbares Geschöpf auf das Korn zu nehmen. Zwischen den Bergen bot sich dazu jedenfalls die Gelegenheit, und ich suchte daher meinen Bärentöter und den Henrystutzen hervor.

Wir waren der Diligence voraus und gaben ihr auch keine Gelegenheit, uns einzuholen. Die Pferde, welche wir ritten, gehörten zu jener kleinen Berberrasse, deren brave Leistungen in keinem Verhältnisse zu ihrer Größe stehen. Wir saßen bereits zwölf Stunden im Sattel, und dennoch trabten sie in der Richtung, welcher wir noch vier volle Stunden zu folgen hatten, ganz unverdrossen dahin, und selbst das Grauschimmelchen, von dessen niederem Rücken die unendlichen Beine des »großen Hassan« beinahe bis zur Erde niederhingen, schien sich aus seiner schweren Last nicht viel zu machen und blieb um keinen Schritt breit hinter uns zurück.

Vor und um uns lag die Steppe in gelblichem Lichte. So weit das Auge reichte, war das Plateau vollständig kahl und leer, aber diese Landschaft zeigte heute eine seltene und lebensvolle Staffage. Der Fuhm-es-Sahar, der Mund der Wüste, hatte sich geöffnet, um zahlreiche beduinische Hirten über die Steppe zu speien, welche ihre Herden den Wadis und Schotts zutrieben, um den spärlichen Pflanzenwuchs abzuweiden. Auf schnellen Pferden, mit wehendem Burnus und schimmernden Lanzen ihre Kamele und Schafe umreitend, zogen sie, gefolgt von ihren Frauen und Kindern, welche auf bunt bedeckten Dromedaren saßen, nach allen Richtungen über die Ebene dahin und brachten auf das ungewohnte Auge den Eindruck einer Phantasmagorie hervor, die einen halb wachen und halb träumenden Geist gefangen hält.

Von jetzt an traten die Höhenzüge, welche die weite Fläche begrenzten, näher aneinander und schoben sich endlich zu einem immer enger werdenden Felsenthale zusammen. Der Blick, welcher bisher in die unendlich scheinende Weite zu schweifen vermochte, wurde von kahlen, nackten Abhängen festgehalten, welche beinahe senkrecht aus der Thalsohle emporstiegen. Wir ritten zwischen ihnen und Abgründen, in deren unterster Tiefe das Auge das graugelbe Wasser eines reißenden Bergstromes erblickte, über welchen wir, nach abwärts gerichtetem Ritte bei ihm angelangt, drei- bis viermal setzen mußten. Es war der Wed-el-Kantara, in dessen Fluten Jules Gérard, der kühne Löwenjäger, seinen Tod gefunden hatte. An der Stelle, wo er in den Fluß gegangen war, hatte ihm eine vorüberziehende Abteilung französischer Truppen aus aufgehäuften Steinen ein einfaches Monument errichtet. Ich ließ halten.

»Hast du von Gérard, dem Löwentöter gehört, Josef?« fragte ich den Staffelsteiner.

»Versteht sich, Herr!« antwortete er. »Er war aan Franzos' und is endlich halt in das Wasser gestürzt und drin elend versoffn.«

»Kennst du den Emir-el-Areth, den ›Herrn des Löwen‹, Hassan?« fragte ich auch den Kubbaschi.

»Er war ein Ungläubiger, aber beinahe so tapfer wie Hassan el Kebihr,« antwortete er stolz. »Er hat den ›Herrn mit dem dicken Kopf[25]‹ des Nachts und ganz allein aufgesucht, um ihn zu töten; aber der Wangil-el-Uah[26] hat ihn doch noch zerrissen und verzehrt, denn er war kein Moslem, sondern ein Mann aus dem Darharb[27].«

»Du irrst, Hassan. Der Emir-el-Areth wurde nicht von dem Löwen zerrissen, der eher hundert Moslemin als einen Christen erwürgt, sondern er starb hier in den Fluten des Wed-el-Kantara, und seine Brüder haben ihm dieses Denkmal erbaut. Nehmt eure Gewehre, ihr Männer; ihre Stimmen

---

[25] Löwe
[26] König der Oasen
[27] nicht muselmännisches Land

sollen seinem Geiste verkünden, daß der Wanderer den Gebieter des ›Herrn mit dem dicken Kopfe‹ kennt!«

»Soll meine Büchse zu den Ohren eines Geistes klingen, der den Er-Rait nicht kennt, Sihdi?« fragte Hassan.

»Auch der Christ lebt im Er-Rait (Anblick Gottes), wenn er gestorben ist, Hassan, denn Gott ist überall, auf allen Sternen und in allen Himmeln. Oder spricht nicht dein Prophet von Aissa (Jesus) und Marryam, Imrams Tochter (die heilige Jungfrau), die im Himmel wohnen und Gott sehen von Angesicht zu Angesicht?«

»Sihdi, warum bist du nicht ein Sayd[28]! Du kennst den Fuhm-el-Kuran (Mund des Korans), die Hand-el-Ard (Rinnen der Erde) und die Battn-el-Djinne (Berge des Paradieses). Deine Stimme ist wie die Stimme des Khatib[29], die nur die Wahrheit spricht. Ich werde thun, was du von mir forderst!«

Aus vier Läufen – denn auch der Führer fügte sich in meinen Willen – erklang eine dreimalige Salve zu Ehren des Löwenjägers, ein von den Felswänden wiederhallender Totengruß, welchen ein »Rifleman« dem andern brachte; dann ging der Ritt weiter nach dem Paß von Kantara.

Hier traten die Steinwände bis an die Ufer des Flusses heran, der die ganze Breite des Engpasses ausfüllte. Wir mußten fast eine Viertelstunde lang in den schäumenden Wellen reiten und gelangten dann in einen Thalkessel von wild-großartigem Charakter.

Steil, schroff und himmelhoch stiegen die schwarzgelben Schieferwände, an dem Fuße mit wirren Steinmurren bedeckt, ringsum empor und bildeten im Süden mit einer gigantischen Felsenmauer eine kolossale Schlucht, die einer klaffenden Wunde im Haupt des Gebirges glich.

Das war der Fuhm-es-Sahar; er führte hinab nach den Oasen des Siban. Die schroffen Felsen zur Rechten gehörten den Höhenzügen des Auresgebirges an; die dunklen Schieferwände zur Linken bildeten den Anfang des Dschebel Sul-

---

[28] Abkömmling von Hassan und Hossein
[29] Vorbeter der Moschee

tan. Zwischen ihnen lag das Karawanserai El Kantara, wo wir für die Nacht Einkehr hielten.

Der Seraidschi (Wirt) bereitete uns einen echt türkischen Kawuah (Kaffee), und nachdem wir unser frugales Abendbrot verzehrt hatten, wurden die Pfeifen angebrannt, und ich lehnte mich zurück, um den Gesprächen der anwesenden Reisenden zu lauschen, welche außer uns und zwei von Tolga kommenden Juden sämtlich Araber waren, deren Weg sich hier am »Munde der Wüste« begegnete.

Der Hauptsprecher war mein guter Hassan el Kebihr, welcher sich die größte Mühe gab, seinen Zuhörern einzuprägen, daß er Djezzar-Bei, der Menschenwürger, genannt werden müsse. Josef Korndörfer dagegen saß still neben mir und hielt, gelangweilt, seine Augen geschlossen. Nur zuweilen öffnete er sie, und dann vernahm ich entweder einen müden Seufzer oder ein zorniges Maschallah über die Selbstverherrlichung des Kubbaschi vom Ferkah en Nurab.

Da kam die Rede auf einen Gegenstand, der mich außerordentlich interessierte. Der Seraidschi besaß nämlich eine kleine Hammelherde, von welcher, obgleich er sie während des Nachts in der Nähe des Serai eingepfercht hielt, schon einige Nächte hintereinander sich der Panther jedesmal ein Stück ohne Bezahlung geholt hatte.

»Seraidschi!« befahl ich.

»Sihdi!« antwortete er, näher tretend.

»Weißt du gewiß, daß es ein Panther war?«

»Ja, Sihdi. Ich habe seine Spur gesehen. Sie ist groß und scharf; es ist ein Weibchen, das Allah verdammen möge! Ich bin ein armer Kawedschi[30] und habe nur dreiundzwanzig Schafe. Kann die Mörderin nicht zu einem Reicheren gehen? Ein Männchen würde die Herde eines Armen nicht berauben!«

Der zornige Moslem schien von dem Rechts- und Schicklichkeitsgefühle des weiblichen Teils des Tierreiches keine allzu galante Meinung zu hegen.

»Warum tötest du sie nicht?« fragte ich ihn.

---

[30] Kaffeewirt

»Das Weib des schwarzen Panthers töten, Sihdi? Weißt du nicht, daß unter ihrem Felle der Scheitan wohnt, der jeden zerreißt, der es beschädigen will?«

»Und weißt du, daß unter deiner Haut el Schubak wohnt, der Satan der Angst, der dein Herz verschlungen und dein Blut getrunken hat? Du bist ein Gläubiger und fürchtest dich vor einem Weibe! Allah schütze dein Haus, sonst kommt die Sultana des Panthers ins Serai, um auf deinem Diwan zu schlafen und aus deinem Schädel Kawuah zu trinken!«

»Sie wird meine Herde verspeisen, aber meinem Hause fern bleiben, Sihdi! Weißt du nicht, daß vor jedem wilden Tiere geschützt ist, wer täglich dreimal das Surat el ikhlass betet?«

»Das Surat el ikhlass ist gut, denn der Prophet hat es euch gelehrt, und so lange du es täglich dreimal betest, hat dich die schwarze Katze noch nicht gefressen; ich aber habe ein Surat, welches mächtiger ist, als alle Ayat eures heiligen Buches; es vernichtet jeden Feind, wenn ich es bete.«

»Sage mir es vor, damit ich es beten lerne, Sihdi!«

»Nicht vorsagen, sondern zeigen werde ich es dir!«

Ich nahm meine Büchse und schlug auf ihn an.

»Dies ist mein Surat gegen alle Feinde.«

Er sprang erschrocken zur Seite.

»Be issm billahi radjal, um Gottes willen, auf, ihr Männer, flieht! Dieser Sihdi hat den Verstand verloren. Er hält seine Flinte für das Surat el ikhlass und will uns ermorden!«

Ich legte die Büchse wieder zur Seite.

»Bleibt ruhig sitzen, ihr Männer! Mein Verstand ist noch bei mir, denn ich halte das Weib des Panthers nicht für einen Scheitan, sondern für eine Katze, die ich mit meinem Surat töten werde.« Und mich erhebend, fügte ich hinzu: »Seraidschi, zeige mir die Hürde, in welcher sich deine Schafe befinden!«

»Bist du toll, Sihdi, daß du verlangst, ich soll mit dir zur Hürde gehen? Die Nacht ist finster, und dieses Weib des Panthers kommt nicht gegen den Morgen, wie die andern Tiere, welche Fleisch stehlen, sondern sie naht stets um

40

Mitternacht. Sie mag meine Schafe fressen, mich aber soll sie nicht zerreißen!«

»So beschreibe mir den Ort, wo ich die Hürde finde!«

»Du findest sie hundert Schritte vom Serai, grad gegen Norden, wo die Steine liegen.«

Ich hing die Büchse über und griff zum Henrystutzen. Das Messer stak bereits im Gürtel. Mit dem Stutzen hatte ich zwar keinen so weiten und sichern Schuß, wie mit dem Bärenrohre, aber er war mir nötig, wenn der Büchsenschuß ja nicht sofort tödlich sein sollte.

Ich hatte kaum den Fuß erhoben, so sprang Hassan auf.

»Allah akbar, Gott ist groß, Sihdi; er kann den Löwen töten und den Panther vernichten. Du aber bist ein Mensch, dessen Fleisch den Katzen schmeckt. Bleib hier, sonst verzehren sie dich, und wir finden am Morgen nichts von dir als die Sohlen deiner Schuhe!«

»Du wirst am Morgen nicht nur die Schuhe, sondern auch den Mann unverletzt sehen, der sie trägt. Nimm deine Waffen, und folge mir!«

Der große Mann sprang erschrocken zurück; er spreizte alle zehn Finger aus und hielt sie mir mit ausgestreckten Armen abwehrend entgegen. »Hamdullilah, Preis sei Gott, daß ich am Leben bin; ich werde es nie einem wilden Tiere schenken!«

»Fürchtet sich Hassan el Kebihr vor einer Katze?«

»Ich bin Djezzar-Bei, der Menschenwürger, aber nicht Hassan, der Pantherfresser, Sihdi. Verlange, daß ich gegen hundert Feinde kämpfe: ich werde sie alle schlachten, aber der Gläubige verschmäht es, des Nachts mit einem Weibe zusammenzukommen, welches noch dazu die Sultana eines wilden Tieres ist!«

»So bleib'!«

Ich hatte ihn ja nur auf die Probe stellen wollen und schritt nun dem Ausgange zu. Da hörte ich, daß mir jemand folgte. Der Staffelsteiner war es.

»Darf ich halt mit, Herr?«

»Warum?«

»Warum! Maschallah, tausend Schwerebrett, soll ich vielleicht gar zuschau'n, daß Sie von der Katz' zerrissen werd'n? Wozu hab' ich die Flint' und das Messer? Wo mein Herr is, dort bin ich auch, das versteht sich halt ganz von selber!«

»Ich danke dir, Josef, aber ich kann dich nicht brauchen!«

»Warum nit, wenn ich fragen darf?«

»Weil du kein Jäger bist. Du würdest dich unnütz in Gefahr begeben und günstigen Falles mir nur das Tier verscheuchen.«

Ich hatte wirklich Mühe, den treuen und beherzten Mann von seinem Vorhaben abzubringen, und trat dann in die Nacht hinaus, um die Hürde aufzusuchen.

In der angegebenen Richtung und Entfernung vom Serai lag ein Gewirr hoher, gewaltiger Felsblöcke. An diese lehnte sich die Hürde, welche an den drei andern Seiten aus Pfählen bestand, die durch Stricke, aus Leff (Dattelfaser) gedreht, verbunden waren. Die Schafe lagen ruhig innerhalb dieser einfachen Umzäunung und ließen sich auch durch mein Nahen nicht im mindesten stören. Die Nacht war sternenhell, und ich konnte die Umrisse der Felsen deutlich erkennen. Zwischen zweien derselben befand sich ein oben geschlossener Spalt, grad so breit, daß ein nicht zu starker menschlicher Körper darin Platz finden konnte. Das war der geeignetste Ort für mich, das Raubtier zu erwarten. Er bot mir von drei Seiten sichern Schutz und gewährte mir nach der vierten hin die freieste Aussicht über die Hürde. Wenn der Panther wirklich kam, so konnte ich, ohne für mich etwas befürchten zu müssen, ihn hier in aller Gemütsruhe auf das Korn nehmen. Eine Heldenthat war seine Erlegung jedenfalls nicht.

Ich nahm in dem Spalte Platz und machte mir es darin so bequem wie möglich. Mit der Büchse in der Hand und mit dem Stutzen am Knie wartete ich und horchte auf jedes Geräusch der allerdings höchst schweigsamen Steppe. Mitternacht ging vorüber; wenn das Tier heute kam, so mußte es bald erscheinen.

Da bemerkte ich eine Bewegung der Schafe; sie steckten die Köpfe zusammen und krochen unter allen Zeichen der

Angst so nahe wie möglich an den Felsen heran. Ich strengte mein Gesicht an, um die Ursache zu erspähen, konnte aber nichts bemerken. Doch jetzt, jetzt vernahm ich über mir ein beinahe unhörbares, schleichendes Geräusch. Das Tier befand sich auf dem Felsen, um von da aus seine Beute im Sprunge zu erreichen. Jetzt hörte ich, wie es seine Krallen an dem Steine wetzte, dann – ein Sprung – ein dunkler Körper schnellte herab unter die Schafe – ein kurzer, blökender Todesschrei – und der Panther stand hochaufgerichtet inmitten der Hürde, unter seiner rechten Vordertatze lag das getötete Schaf. Es war ein ungewöhnlich großes, gewaltiges Exemplar, wie ich fast keinen Jaguar gesehen hatte, und, wie ich sofort bemerkte, allerdings ein Weibchen.

Den Kopf erhebend, stieß jetzt das Raubtier seinen Siegesruf aus, jenes in fürchterlichen Kehltönen erschallende, zusammengezogene A - uuhh - a - oorrrr, welches in einem tiefen, grollenden Schnurrlaute zu endigen pflegt. Noch aber war der Ruf nicht ausgeklungen, so krachte meine Büchse. Die weit geöffneten, in grünlichem Lichte rollenden Augen hatten mir ein sicheres Ziel geboten. Mit dem Schusse verklang das Brüllen; das Tier machte einen jähen Satz nach dem Spalte zu und brach da hart vor meinen Füßen zusammen. Wie ich später sah, war ihm meine Kugel in das Auge gedrungen.

Der Schuß hatte aber noch einen andern Erfolg. In der Ferne ertönte ein heiserer, wilder Schrei und nach wenigen Sekunden ein kurzes abgerissenes Brüllen aus größerer Nähe. Das Männchen nahte, durch meine Büchse zur Hilfe herbeigerufen.

Ich hatte schon – der Vorsicht wegen – den Henrystutzen in die Hand genommen, um die zweite Kugel des Bärentöters für diesen Fall zu sparen. Rasch nahm ich den letzteren wieder auf und legte an. Ein schlanker, geschmeidiger Tierkörper kam in langen Sätzen herbeigeschnellt und hielt außerhalb der Hürde an, grad mir und dem gefallenen Weibchen gegenüber. Der Panther mußte trotz des zweifelhaften Sternenlichtes uns beide bemerken, denn er duckte sich unter einem grimmigen Schnaufen zur Erde nieder, um zum

Sprunge auszuholen. Noch sah ich jetzt seine Augen glühen, im nächsten Augenblick mußten sie sich im Momente des Sprunges schließen. Ich drückte los. Mitten in der blitzenden Beleuchtung durch den Schuß flog das Tier empor und kam hart am Spalte zum Boden nieder. Aber schon hatte ich den Stutzen ergriffen; ich konnte aus seinem Laufe, ohne zu laden, fünfundzwanzig Schüsse hinter einander abgeben. Ich hielt die Mündung grad an den Kopf des Panthers und drückte ein-, zwei-, dreimal los. Schon der erste Schuß war, wenn auch nicht sofort, tödlich gewesen; ein konvulsivisches Zittern ging durch den Körper des Tieres, dann lag es regungslos gestreckt zu meinen Füßen.

Ich lud zunächst wieder und trat dann hinaus. Die beiden Raubtiere lagen aufeinander und waren, besonders das weibliche, so groß und schwer, daß ich sie nur mit Anstrengung zu bewegen vermochte.

In einiger Entfernung bellte ein Schakal sein heulendes »ia - ou, ia – ou«; er wußte die Panther in der Nähe und glaubte, sich Hoffnung auf den Nachtisch machen zu dürfen. Er ist ein treuer, aber furchtsamer Begleiter der großen Räuber des Tierreiches und nimmt gern fürlieb mit den Brosamen, die von des Reichen Tische fallen.

Als ich im Serai ankam, fand ich alle Gäste noch wach. Es war für sie ein unglaublicher Gedanke, daß ein einziger Mensch mitten in finsterer Nacht sich an den Panther wage, der beinahe noch gefürchteter ist, als der Löwe. Die mit Angst gepaarte Neugierde hatte sie wach erhalten, doch mußten sie meine Schüsse vernommen und also gemerkt haben, daß ich mich wenigstens nicht ohne Gegenwehr von dem »fürchterlichen Weibe« verschlingen ließ.

Bei meinem Eintritte sahen sie mich an, als sei ich ein Gespenst.

»Maschallah, tausend Schwerebrett, da is er, wie er leibt und lebt!« rief Josef Korndörfer, indem er voll Freude auf mich zugesprungen kam.

»Marhaba, Sihdi, willkommen Herr,« meinte der große Hassan; »du hast klug gehandelt. Wir haben deine Schüsse gehört, und die Frau des Panthers, die sie vernommen hat, wird diese Nacht von der Hürde bleiben.«

»Ich danke dir, Sihdi,« stimmte auch der Seraidschi ein, »daß du meine Herde beschützt hast. Die Räuber werden heute nicht kommen, denn du hast dich in die Finsternis gewagt und sie durch die Stimme deines Gewehres gewarnt!«

Man war also der Meinung, daß ich geschossen hatte, bloß um die Raubtiere abzuschrecken.

»Die Frau des Panthers ist mit ihrem Manne gekommen, Kawedschi,« antwortete ich, »und hat dir ein Schaf getötet. Du mußt es holen, denn der Schakal ist in der Nähe, der es sonst verzehren wird.«

»Er mag es verzehren, denn Allah behüte meinen Fuß, daß er hinaustrete in das Reich des Todes, wo ich zerrissen werde!«

»Du wirst nicht zerrissen werden, denn die Sultana des schwarzen Panthers ist tot, und ihr Herr liegt bei ihr mit zerschmetterter Stirn.«

»Allah kehrim, Gott ist gnädig! Sagst du die Wahrheit, Sihdi?«

»Mein Wort ist wahr! Siehe diese Schuhe, Hassan; sie sind unversehrt, und kein Haar ist mir gekrümmt; aber mein Surat ist erklungen, und nun liegen die Panther niedergestreckt durch die Faust des Todes. Kommt, ihr Männer, und helft, sie herbeizuschaffen!«

Diese Worte brachten eine außerordentliche Aufregung unter den Leuten hervor. Sie wollten mir nicht glauben, und es kostete mich nicht wenig Ueberredungsgabe, sie endlich zum Mitgehen zu bewegen.

Man brannte Fackeln aus Palmenfaser an und folgte mir. Als wir der Hürde nahten, drängten sich die Schafe, vom lodernden Brande erschreckt, ängstlich zusammen. Die jetzt folgende Scene ist unmöglich zu beschreiben. Kaum erblickten die Araber die beiden erlegten Tiere, so stürzten sie sich auf sie, schlugen sie mit den Fäusten, traten sie mit den Absätzen und schimpften sie mit allen möglichen Schandwörtern, von denen die arabische Sprache einen beinahe unerschöpflichen Vorrat besitzt.

Hassan el Kebihr war der lauteste von allen. Er wandte sich schließlich auch an mich: »Sihdi, du bist der größte Jäger, den meine Augen gesehen haben; du bist noch größer als der Emir-el-Areth (Gérard), welcher der Herr des Löwen war. Wenn ich singe von den Siret el modschaheddin (Thaten der Kämpfer) und wenn ich erzähle von den Siret el behluwan (Thaten der Helden), so werde ich deinen Namen nicht vergessen, sondern ihn rühmen vor den Ohren der Gläubigen!«

Der Araber spricht gern fulminant und liebt es, seine Gefühle im Superlativ auszudrücken. Auch der Staffelsteiner konnte sein Erstaunen nicht verbergen.

»Maschallah, tausend Schwerebrett, is dos aan Schuß gewes'n. Die Katz' is grad ins Aug' getroff'n und die andre halt auch nit schlechter! Ich hob' noch gar kaan solch Viehzeug geseh'n und nit geglaubt, was der Panther für aan Bursch' sein kann. Meine Büchs' hätt' wohl gewankt, wenn ich dabei gewes'n wär!«

Die Tiere wurden im Triumphe nach dem Serai fortgeschleift, wo ich ihnen das Fell abstreifte; dann gingen wir zur Ruhe.

Am andern Morgen erhob sich vor dem Aufbruche ein heißer Streit zwischen Hassan el Kebihr und dem Staffelsteiner, und ich eilte hinaus, um den Zank zu schlichten. Josef Korndörfer hatte das Fell des Pantherweibchens unter meinen und dasjenige des Männchens unter seinen Sattel gelegt, eine Manipulation, mit welcher sich der Kubbaschi nicht einverstanden erklärte.

»Du bist ein Franke, der noch nie eine Moshia betreten hat,« meinte der letztere, »und willst mich um das Recht der Gläubigen betrügen? Hast du jemals einen Ungläubigen gesehen, der auf dem Felle des Panthers reitet?«

»Hast du ihn erlegt, Djezzar-Bei, du Menschenwürger?« lachte der frühere Chasseur d'Afrique.

»Der Sihdi hat ihn erlegt, weil Hassan el Kebihr, vor dem die Tiere zittern, bei ihm ist. Das Fell gehört unter meinen

Sattel, denn was bist du gegen den Kubbaschi en Nurab? Bin ich nicht Diener gewesen an der berühmten Universität der Moshia El Azhar zu Cahira, das ihr Kairo nennt? Ich habe die weisen Männer gesehen, die dort ein- und ausgingen; wen aber hast du gesehen, und an welcher Schule bist du gewesen?«

»Ich habe gesehen unsern Sihdi, in dessen Kopf mehr Weisheit steckt, als in eurer ganzen Moshia El Azhar in Cahira, und bin gewesen in der Schule zu Kaltenbrunn bei Staffelstein, wo deine gelehrten Männer auf die letzte Bank zu sitzen kämen,« verteidigte sich der Bayer unter fortwährendem Lachen.

»Nun wohl! Aber kennst du meinen Namen? Ich heiße Hassan-Ben-Abulfeda-Ibn-Haukal al Wardi-Jussuf-Ibn-Abul-Foslan-Ben-Ishak al Duli. Wie aber heißt du? Mein Name ist lang wie der Fluß, der durch die Berge rollt; der deinige aber klein wie der Tropfen, der schmutzig von dem Blatte fällt.«

»Beschmutze meinen Namen nit, denn er is auch der deinige! Ich heiße Jussuf wie du.«

»Weißt du, daß Jussuf nur ein Gläubiger heißen darf? Du bist ein Franke und wirst Jussef genannt. Merke dir das! Und du hast nur diesen einen Namen!«

»Oho! Hast du nit gehört, daß ich auch Korndörfer heiße?«

»Aber wo bleibt der Name deines Vaters?«

»Der hieß auch Korndörfer.«

»Und dessen Vater?«

»Auch Korndörfer.«

»Und dessen Vater?«

»Immer wieder Korndörfer.«

»Und wo lebte dieser?«

»In Kaltenbrunn.«

»In Kah-el-brunn? So heißest du Jussef Koh-er-darb-Ben-Koh-er-darb-Ibn-Koh-er-darb-Abu-Koh-er-darb el Kah-elbrunn. Mußt du nicht lachen über deinen eigenen Namen? Und du verweigerst mir das Fell? Gieb es her!«

»Höre, Hassan! Jussef Koh-er-darb, Ben, Ibn und Abu Koh-er-darb aus Kah-el-brunn wird das Fell behalten! Dort kommt der Sihdi; wende dich an ihn!«

Der Kubbaschi that dies auch. Der grobe Hassan wollte mit der Schabracke vor den uns Begegnenden glänzen; dies gab mir Gelegenheit, ihn für seine gestrige Feigheit zu strafen.

»Jussuf,« entschied ich, mit Fleiß Jussuf statt Jussef sagend, »wollte mit mir den Panther schießen, du aber hattest Angst vor der Katze. Ihm gebührt das Fell und nicht dir!«

Murrend mußte er sich in diesen Bescheid ergeben, und murrend folgte er uns, als wir das Serai verließen.

Wir befanden uns bald inmitten der Schluchten und Steinklüfte des Auresgebirges, dessen Längenrichtung wir bis gegen Abend einhielten, um dann über seinen Kamm in die Sahara herabzusteigen. An seinem Fuße lag das Zeltdorf, welches das Ziel unserer heutigen Wanderung war.

Wir wurden von den Arabern gastfreundlich aufgenommen, und noch ehe es Nacht ward, befand ich mich in dem Besitze von drei Reit- und ebenso vielen Packkamelen nebst allen Gegenständen und Vorräten, welche zur Reise nach dem Bab-elGhud oder wenigstens nach Ain-es-Salah erforderlich waren.

Am andern Morgen folgten wir dem Fuße des Gebirges, um, Biscara nun vermeidend, die Karawanenstraße von dort nach Ain es Salah aufzusuchen.

Es war ein heißer Tag, und um die Mittagszeit brannte die Sonne mit solcher Vollglut auf uns nieder, daß ich beschloß, auch gegen den Gebrauch für einige Zeit Rast zu halten. Wir suchten nach einem geeigneten, schattigen Orte; da blieb der voranreitende Hassan, welcher mit Josef noch immer wegen der Schabracke schmollte, halten und deutete abwärts. »Schau, Sihdi, eine Sobha[31]!«

Wir befanden uns noch immer auf hohem Terrain, welches von den Ausläufern des Gebirges gebildet wurde. Am Fuße eines solchen Höhenzuges glänzte von unten die blitzende Fläche eines Wassers zu uns herauf, an dessen Ufer ich einiges spärliche Lentiskengesträuch bemerkte.

---

[31] Wasserlache

»Das ist keine Sobha, Hassan, sondern ein Schott oder Birket[32], welcher hinter dem Hügel liegt und von dem wir hier nur eine Bucht sehen können. Ich werde dir gleich seinen Namen nennen!«

Ich schlug die stets bereite Karte auf und fand den See verzeichnet. Es war eines jener leblosen Gewässer ohne Farbe und Bewegung, die kein Fisch, kein Lurch durchrudert und in deren Wasser man höchstens jene häßlichen Würmer zu Myriaden erblickt, welche der Beduine Thud nennt.

»Es ist der Birket el fehlatn[33]. Laßt uns zu ihm hinunter!«

»Das ist ein Befehl, Sihdi, der mehr wert ist, als der Preis von zehn Kamelen. Mein Serdj, was du Sattel nennst, brennt unter mir, als säße ich auf einem abgerissenen Zipfel von der Tschehenna. Ich werde mich entkleiden und meinem Körper durch einen Ghusl[34] neue Kräfte geben.«

Wir hielten auf das Wasser zu, welches wir nach einer Viertelstunde erreichten. Es war, wie ich richtig bemerkt hatte, kein Schott, sondern der Birket el fehlatn.

Hassan war uns voraus; er konnte das Bad nicht erwarten. Am Ufer angekommen, wandte er sich mit einer Gebärde der Enttäuschung zurück.

»Sihdi, das ist kein Wasser zum Ghusl, sondern ein Bahr el Thud (Würmermeer), und siehe, dort liegt ein Duar von über zwanzig Zelten, die uns Schatten geben werden!«

Wirklich sah ich zwischen dem oberen Teile des Sees und dem Hügel eine Reihe von Zelten stehen, zwischen denen zahlreiche Pferde und Kamele lagen. Eine andere Truppe von fünf Kamelen weidete seitwärts die fleischigen Blätter der Salzkräuter ab, welche der dürftige Boden durch den Einfluß des Wassers hervorbrachte. Ich erkannte auf den ersten Blick, daß es nicht gewöhnliche Lastkamele seien, die man für vierhundert Piaster das Stück bekommt, sondern ohne Ausnahme Reitkamele, echte Hedjihn, deren jedes man mit mehreren tausend Piastern bezahlt. Vielleicht waren es gar Bischarinhedjihn, diese edelste Rasse der

---

[32] See
[33] tote See
[34] Bad

Kamele, denen man bei aller Enthaltsamkeit wohl eine ganze Woche lang täglich einen Weg von vierzehn bis sechzehn deutschen Meilen zutrauen kann. Ja, bei den Tuareg trifft man Kamele, welche noch mehr zu leisten vermögen. Ich erkannte diese Rasse an den zierlichen Formen, dem verständigen Auge, der breiten Stirn, den herabhängenden Unterlippen, den kurzen, stehenden Ohren, dem kurzen, glatten Haare und der Farbe desselben, welche bei dem Bischarin entweder weiß oder lichtgrau, manchmal auch falb und zuweilen gefleckt ist wie bei der Giraffe.

Diese kostbaren Tiere gehörten jedenfalls nicht in das arme Zeltdorf, sondern sie waren wohl das Eigentum von fremden Beduinen, welche im Duar als Gäste weilten.

Wir eilten auf das Duar zu.

Es wäre eine ganz unverzeihliche Beleidigung für den Besitzer des ersten Zeltes gewesen, wenn wir an diesem vorübergeritten wären, um in einem der folgenden Aufnahme zu suchen. Der Bewohner der Steppe ist ein geborener Dieb und Räuber, aber das Gastrecht hält er noch ebenso hoch und heilig, wie es den biblischen Erzvätern galt, von denen er ja seine Abstammung herleitet.

Als wir hielten, wurde das alte, vielfach zerfetzte Tuch, welches den Eingang bedeckte, bei Seite geschoben, und ein Mädchen trat heraus, um uns zu begrüßen. Sie war unverschleiert; die Frauen der Wüstenaraber sind weniger difficil als die Weiber und Töchter der Mauren (Städtearaber). Ihr Haar war in dichte Dafira (Flechten) geordnet, welche mit roten und blauen Bändern durchflochten waren. Um die Hüften trug sie den Rahad, einen schmalen Gürtel, von welchem eine große Anzahl Lederstränge bis über das Knie herabfiel und so einen Rock bildete, welcher mit Korallen, Bernsteinstücken und Kaurimuscheln verziert war. Um den Hals trug sie den Kharaz, eine vielfache Schnur von Glasperlen und allerlei Münzen. Von den Schultern hing ein leichter Ueberwurf bis zu dem Gürtel herab. In den kleinen Ohren hingen goldene Ringe von enormer Größe; an den Füßen oberhalb der Knöchel glänzten silberne Spangen, und um die Gelenke der feinen Händchen, deren Fingernägel mit

Hennah gefärbt waren, wanden sich starke Ringe von Elfenbein, deren weißer Glanz sehr hübsch gegen die warmen Töne der braunen Haut abstach, welche der schönsten florentinischen Bronze nichts nachgab.

»Marhaba ia Sihdi, du sollst willkommen sein, o Herr,« klang ihr Gruß, und zugleich reichte sie zur Bekräftigung desselben meinem Kamele ein Handvoll Waëdydatteln dar.

Hinter ihr kam ein alter Mann zum Vorschein, der uns mit neugierigen und verwunderten Blicken musterte. Sein sonnegebräuntes Gesicht war voller Falten und seine ausgedorrte Gestalt tief gebeugt. Er mochte wohl an die neunzig Jahre zählen.

»Sallam aaleikum,« grüßte ich ihn, die Hand zur Brust erhebend. »Hast du ein wenig Raum für uns, wo wir das Haupt zu einer kurzen Ruhe niederlegen können?«

»Marhaba ia Sihdi, willkommen, o Herr! Unser armes Zelt hat der Gäste bereits drei, doch ist noch Platz für dich. Steige ab, und erlaube mir, dir einen Hammel zu schlachten!«

»Dein Herz ist voller Wohlthat, und dein Zelt steht offen dem Wanderer; du bist ein guter Sohn des Propheten und ein Liebling Allahs, der dir viele Jahre des Lebens geschenkt hat; doch sollen deine Gäste die Güte deiner Seele ganz besitzen. Erlaube mir, zu einem andern Zelt zu gehen!«

»Willst du mich beschimpfen, Sihdi? Was habe ich dir gethan, daß du mein Zelt verschmähest? Steig herab vom Tiere, welches bereits ein Gast der Tochter meines Sohnes ist, und lege dich bei mir zur Ruhe!«

Er ergriff das Halfter des Kameles und gebot ihm durch das gebräuchliche, kehllautende »khe, khe,« niederzuknieen.

Ich stieg ab und wurde in das Zelt geführt, wohin auch Josef und Hassan bald nachfolgten. Längs der Wand desselben zog sich das Serir herum, ein sich nur wenig vom Boden erhebendes gitterartiges Gerüste aus leichtem Holze, welches mit Matten und Hammelfellen bedeckt war. Das bildete den Diwan und das Bett für die ganze Familie nebst den etwaigen Gästen. Im Hintergrunde des Zeltes waren Sättel und Schilde aufbewahrt; an den Pfählen hingen Waffen,

Schläuche, lederne Eimer und allerlei wirtschaftliches Geräte, und die Wände selbst waren mit künstlich geflochtenen Bechern, Giraffenhäuten, Bouquets von Straußenfedern und vorzüglich mit Schellen und Klingeln geschmückt. Diese letzteren sind in arabischen Zelten sehr gebräuchlich und machen in stürmischen Nächten eine dem ermüdeten Wanderer sehr unwillkommene Musik. Der Wind bewegt das ganze Zelt, das Metall der Schellen erklingt und bildet die Begleitung zum Krachen des Donners, zu dem Stöhnen der Kamele, dem Blöken der Schafe, dem Gebell der Hunde und dem Heulen der wilden Tiere.

Ich nahm auf den Matten Platz. Der Alte hatte die Pantherfelle gesehen; das Gesetz der Gastfreundschaft verbot ihm, nach meinem Namen und Herkommen zu fragen, aber wissen durfte er, wie ich in den Besitz dieser kostbaren Beute gekommen war. Mit der dem uncivilisierten Menschen eigenen Schlauheit wußte er das Gespräch auf diesen Gegenstand zu bringen.

»Ruhe dich aus, Sihdi, bis Fleisch und Kuskussu bereitet sind.«

Kuskussu ist ein aus grob gemahlenem Weizenmehl bereitetes Lieblingsgericht der Araber.

»Ich danke dir, Vater,« entgegnete ich. »Ich esse Fleisch und Kuskussu nur des Abends, wenn ich die Reise des Tages beendet habe. Gieb mir und meinen Dienern Wasser und ein wenig Bsissa[35].«

Das Mädchen brachte mir das Bsissa.

»Das Wasser des Birket ist schlecht, Sihdi. Willst du nicht einen Becher Kamelsmilch oder Lagmi[36] trinken?« fragte sie.

»Eddini Lagmi, gieb mir Lagmi, Ambr el Banat, du Zierde der Mädchen!«

Sie brachte mir einen Lederbecher voll des erquickenden Getränkes. Der Alte wartete, bis ich getrunken hatte, und

---

[35] Brot, von Mehl und getrockneten Datteln gebacken
[36] Dattelsaft

fragte dann: »Du wirst bleiben viele Tage in der Hütte deines Freundes?«

»Ich werde sie verlassen, sobald ich ausgeruht habe.«

»So willst du reiten des Nachts, wenn die Stimmen der wilden Tiere erschallen und der Panther Mensch und Djemmel zerreißt? Bleib bei uns, Sihdi, denn dein Tod würde auf meine Seele fallen!«

Ich mußte dem guten Alten sein Verhör erleichtern.

»Der Panther wird mich nicht zerreißen. Hast du nicht sein Kleid auf meinen Tieren gesehen?«

»Ich habe es gesehen, das Kleid des Panthers und seiner Sultana.«

»Nun wohl, ich habe ihn und sie getötet beim Sternenscheine am Fuhm-es-Sahar.«

»Den fürchterlichen Panther am Fuhm-es-Sahar, der schrecklicher war, als alle Panther der Steppe? Sihdi, du bist ein Held, ein großer Krieger! Wie viele Männer sind bei dir gewesen?«

»Keiner. Ich habe ganz allein mit dem Panther und seiner Frau gesprochen.«

»Ganz allein? Allah akbar, Gott ist groß, und du bist ein Akhu (Bruder, Genosse) des großen Emir-el-Areth, der im Wed-el-Kantara ertrank!«

»Ich bin ein Franke, wie er, und habe eine Büchse, welche dieselben Worte spricht, wie die seinige.«

»Ein Franke bist du und ein Jäger, wie der Emir-el-Areth? Dann muß ich dir etwas sagen, was deine Seele erfreuen wird!«

Er war plötzlich sehr ernst geworden und trat mit geheimnisvoller Miene ganz nahe zu mir heran. Die zwei hohl gebogenen Hände wie ein Sprach- oder Hörrohr an meine Ohren haltend, legte er den Mund an sie und flüsterte so leise, daß ich es kaum zu verstehen vermochte: »Kennst du Assad, den Aufruhrerregenden?«

Ich nickte und blickte ihn erwartungsvoll an.

»Kennst du Assad-Bei, den Herdenwürger?« fragte er in derselben Weise.

Ich nickte zum zweiten Mal bejahend mit dem Kopfe, und er fuhr fort: »Er ist unserer Herde gefolgt schon lange Zeit und hat uns die besten Tiere geraubt; erst in der vergangenen Nacht holte er wieder ein Rind für sich und seine Frau, aaib aaleihu, Schande über ihn!«

Der leise Flüsterton war mir nicht unbegreiflich. Der Araber hat einen außerordentlichen Respekt vor dem Löwen; so lange das gewaltige Tier noch lebt, nennt er es mit den hochtrabendsten und ehrendsten Namen, um es ja nicht zu beleidigen und zur Rache herauszufordern; ist es aber getötet, so bewirft er es mit den demütigendsten Schimpfworten und thut ihm alle möglichen Beleidigungen an. Er fürchtet die Stärke und Zähigkeit des Königs der Tiere und läßt sich lange Zeit von ihm berauben, ehe er sich zu einem Angriffe entschließt, der bei der gebräuchlichen Weise der Araber meistens mehrere Menschenleben kostet.

Der sonst so tapfere und unerschrockene Sohn der Wüste wagt es nämlich nie, wie der kühne europäische Jäger zu thun stets vorzieht, den Löwen allein anzugreifen. Es treten sämtliche waffenfähige Männer des Duars oder der Dachera (Gebäudedörfer) zusammen, suchen das Lager des Tieres auf, locken es durch lärmendes Rufen, Brüllen, Pfeifen, Schießen und Klappern aus demselben hervor und jagen ihm, sobald es erscheint, aus ihren langen, unsicher treffenden Flinten so viele Kugeln wie möglich in den Leib. Selbst wenn es zum Tode verwundet ist, besitzt es noch so viel Lebenszähigkeit und Kraft, sich auf einen oder mehrere zu werfen, um sich vor seinem Verenden blutig zu rächen.

Die Furcht, welche man vor ihm hegt, geht sogar so weit, daß man bei dem Entschlusse und der Vorbereitung eines Angriffes nur leise spricht; man meint, er könne es hören und dem Angriffe begegnen. Darum sprach der Alte so heimlich; Assad Bei, der Aufruhrerregende, der Herdenwürger, hätte ja sonst seine Worte vernehmen können.

Jetzt fiel es mir auch auf, daß ich keinen einzigen waffenfähigen Mann in dem Duar bemerkt hatte. Nur einige neugierige Frauenköpfe waren zwischen den Vorhängen der Zelte zu sehen gewesen.

»Eure Männer sind gegangen, ihn zu töten?«

»Alle unsere Männer und Jünglinge samt unsern Gästen, welche kühne Söhne des Uëlad Sliman sind.«

Bei dieser Nachricht war alle Müdigkeit und Erschöpfung von mir gewichen.

»So werde auch ich gehen, um den Sihdi-el-salssali, den Herrn des Erdbebens, aufzusuchen!«

Ich wußte, daß der Löwe wegen der Macht seiner Stimme so genannt wird.

»Be issm lillahi, um Gottes willen, sprich leise!« bat der Alte ängstlich. »Wenn er es hört, so bist du verloren. Er kommt herbei und reißt dich in Stücke.«

»Bist du toll, Sihdi,« lamentierte Hassan-el-Kebihr, »daß du dein Fleisch zerreißen und deine Knochen zermalmen lassen willst durch den ›Herrn mit dem dicken Kopfe‹, der mehr Kraft hat als zehn Scheitans, als hundert Teufel zusammengenommen? Du hast den Panther und sein Weib getötet, Assad-Bei aber spottet der Kugel und lacht deines Messers; sein Fell ist härter als der Schild des Nurab-a-Torel-Khadra.«

»Aus deinem Munde spricht die Angst, und deine Rede trieft von Furcht, Hassan. Allah hat ein Weib geschaffen und ihm deine Gestalt gegeben!«

»Sihdi, wenn mir dies ein anderer sagte, so würde ich ihn auf der Stelle erwürgen. Hassan-Ben-Abulfeda-Ibn-Haukal al Wardi-Jussuff-Ibn-Abul-Foslan-Ben-Ishak al Duli kennt weder Angst noch Furcht, denn er ist Djezzar-Bei, der Menschenwürger. Aber er ist nicht jung und auch nicht fett genug; der Löwe mag ihn gar nicht fressen!«

»Er soll dich auch nicht fressen; du bleibst mit Jussuf hier bei unseren Tieren,« tröstete ich ihn.

Er schien mit diesem Befehle außerordentlich zufrieden zu sein, nicht so aber der Staffelsteiner.

»Dos kann nix sein, Herr,« appellierte dieser gegen meinen Bescheid. »Ich geh' halt mit. Ich hab' nit mit auf den Panther gedurft, drum will ich wenigstens heut meine Büchs' probier'n. Wenn der Löwe Sie nit frißt, so mag er seh'n, wie ich ihm schmeck'. Ich bin Ihr Diener und gehör' halt dahin, wo sich mein Herr befindet.«

»So magst du mitgeh'n,« entschied ich, erfreut über diesen Beweis von Mut.

Hassan suchte mich noch immer abzuhalten; er erging sich in den kräftigsten Schilderungen der Gefahr, welche uns erwartete. Es half ihm nichts.

»Hamdulillah, Preis sei Gott,« meinte dagegen unser Wirt. »Allah ist barmherzig und gnädig; er hat dich zu uns gesendet und wird deine Waffe segnen, daß du unsere Männer errettest von den Klauen des Tieres, welches der Herr des Erdbebens ist!«

Der Morgenländer hält jeden Franken, welcher ein Gewehr trägt, für einen ausgezeichneten Schützen, und die Freude des Alten gründete sich jedenfalls auch mit auf die stille Hoffnung, daß der Löwe statt einen der Seinigen mich und Josef zerreißen werde.

»Wo ist der Löwe?« fragte ich ihn.

»Komm heraus vor das Zelt, Sihdi; ich werde es dir zeigen!«

Ich nahm meine Waffen und folgte ihm.

Vom See aus zog sich eine immer breiter werdende Vertiefung den Hügel hinan; es war ein jetzt trockener Wadi. Noch immer flüsternd, zeigte der Alte auf die mit Felsen übersäte Rinne des Wadi.

»Ganz oben in diesem Battn el Hadjar, in diesem Bauch der Steine, hat der Emir-el-Areth sein Lager. Die Männer sind hinauf, um ihn hervorzutreiben. Lauf schnell, Sihdi, daß du nicht zu spät kommst, ihn in die Tschehenna, in die Hölle, zu schicken!«

»Komm, Josef!«

Ich war meiner Büchse sicher; sie hatte mir niemals versagt, und jede der aus ihr geschossenen konischen Kugeln hatte bisher ihre Schuldigkeit gethan. Ich war überzeugt, daß sie mich auch heute nicht verlassen werde.

Um den obern Teil der Schlucht so bald wie möglich zu erreichen, vermied ich die Windungen, welche sie machte, und schritt von den Zelten aus gleich direkt den Berg hinan. Am oberen Wadi angekommen, vernahm ich einen ganz entsetzlichen Lärm, welcher aus der Tiefe der Schlucht emporscholl. Rasch eilte ich dem vor mir liegenden Rande zu, von welchem aus ich die Situation vollständig überblicken konnte.

Die steile Böschung grad mir gegenüber zog sich ein Gebüsch von Wacholder und stacheligen Mimosen hinan, welches von den Arabern umzingelt war. Es mußte den Löwen verbergen, denn die oberhalb des Gestrüppes Befindlichen rollten große Steine in dasselbe, um das Tier herauszutreiben. Die Männer schwangen ihre Flinten und tanzten dabei vor Aufregung und suchten sich durch kreischende Zurufe zu ermutigen. Ich empfing einen eigentümlichen Eindruck von dieser untaktischen Art und Weise, ein Wild zu jagen, welches sich am besten des Nachts, Auge in Auge und ohne Lärm erlegen läßt.

Da bemerkte ich inmitten des Gebüsches eine leise Bewegung; sie wurde stärker, und jetzt trat er hervor, nicht plötzlich, nicht nach Katzenart springend und schnellend, sondern langsam, mit sicheren, majestätischen Schritten. Die reiche, dunkle Mähne hing ihm wirr um Kopf und Vorderleib; den stark bequasteten Schwanz zog er lang gestreckt hinter sich her; es war wirklich ein prachtvoller Anblick, das edle, gewaltige Tier so selbstbewußt und ruhig inmitten der schnell auf seinen Leib gerichteten Gewehre stehen zu sehen und es wollte mir wirklich scheinen, als bemerke ich ein verächtliches Funkeln der großen rollenden Augen. Ich hatte viel von dem Fürsten der Tiere gehört und noch mehr von ihm gelesen, gesehen aber hatte ich nur einige Exemplare in Menagerien und zoologischen Gärten. Sie alle hielten keinen Vergleich aus mit diesem prächtigen, machtvollen Sihdi-el-salssali, dessen Anblick meine Erwartungen weit übertraf. Dieser charaktervolle, hoch- und breitstirnige Kopf, dessen langsames Schütteln ein Zeichen der Verwunderung über das verwegene Beginnen der Araber zu sein schien; dieser ungebeugte Nacken, dieser kurze, breite Rücken, diese mächtigen Flanken, diese Pranken, denen man es ansah, daß ein einziger Schlag von ihnen genügend sei, ein Rind niederzustrecken; dieses drohende Oeffnen der Lefzen – die Natur hatte hier alles vereinigt, um die wilde, physische

Kraft in all ihrer Majestät zur Darstellung zu bringen. Und jetzt hob er den Kopf und ließ jene furchtbaren Töne erschallen, derentwegen ihn der Sohn der Wüste den »Herrn des Erdbebens« nennt, und von welchen der Dichter schreibt:

»Da liegt der Maure unter Palmen,
Vom Sonnenbrand herbeigeführt,
Das Dromedar nascht von den Halmen,
Die noch der Samum nicht berührt;
Da trinkt das Gnu sich an der Quelle,
Der frischen, lebensvollen, satt,
Da naht verschmachtend die Gazelle,
Vom wilden Jagen todesmatt;
Da geht der Löwe nach der Beute,
Der König, kampfesmutig aus,
Und in die unbegrenzte Weite
Brüllt er den Herrscherruf hinaus.
Und Mensch und Tier, Gnu und Gazelle,
Sie zittern vor dem wilden Ton
Und jagen mit Gedankenschnelle,
Entsetzt, von Furcht gepackt, davon.«

Es war mir wirklich, als zittere der Boden unter mir bei dem leise beginnenden, dann zu unbeschreiblicher Stärke anwachsenden und sich endlich in einem grimmigen Rollen verlierenden Gebrüll, welches der Araber so treffend mit dem Worte »Rad«, Donner, bezeichnet.

Da blitzte es aus allen Läufen auf; der Löwe wurde von mehreren Kugeln, aber nur leicht, getroffen. Er duckte sich nieder und fuhr dann mit einem einzigen, weiten Satze mitten unter die Angreifer hinein. Zwei von ihnen lagen unter seinen Tatzen. Länger durfte ich nicht zögern. Mehr gleitend als steigend warf ich mich, gefolgt von Korndörfer, den steilen Abhang des Wadi hinunter. Die Araber, welche ein beinahe betäubendes Geschrei erhoben, bemerkten mein Kommen nicht. Einer von ihnen hatte seine Flinte noch nicht abgeschossen. Mutiger als die anderen, deren größter Teil sich nach der Salve zur Flucht gewandt hatte, blieb er stehen, zielte und drückte los. Die Kugel traf, doch nicht zum

Tode. Das Tier zuckte zusammen, schnellte im nächsten Augenblick durch die Luft und riß den Schützen nieder. Ihm die beiden Vordertatzen auf die Brust setzend, stieß es ein zweites, wo möglich noch erschreckenderes Brüllen aus als vorher. Im folgenden Momente mußte der Mann zerrissen sein.

In eiligen Sprüngen lief ich hinzu und kniete nur wenige Schritte von dem Löwen nieder. Dieser bemerkte mich und trat von seinem Opfer zurück, ein Umstand, welcher nur außerordentlich selten vorzukommen pflegt. Ich legte an. Es war nicht Furcht und nicht Angst, was ich in diesem Augenblick empfand; es giebt keine Bezeichnung für das Gefühl, welches jede Faser in mir anspannte. Die rollenden Augen glühten mir vernichtend entgegen, der Schwanz krümmte sich verräterisch; die kraftvollen Pranken zogen sich zum Sprunge zusammen, ein kurzes Zucken ging über den sich niederduckenden Leib – ich drückte los und sprang sofort zurück, das Messer aus der Scheide ziehend.

Der Löwe hatte sich im Augenblick des Schusses emporgeschnellt; er stürzte mitten im Sprunge zur Erde, wälzte sich einige Male hin und her und blieb dann unbeweglich liegen. Meine Kugel war ihm in das Auge gedrungen – er war verendet.

»Hamdulillah, Allah akbar, Preis sei Gott, der Herr ist groß!« erscholl es aus allen Kehlen. »Hasa nessieb, das hat Gott geschickt; der Kelb, der Hund, der Sohn von einem Hunde, der Enkel von einem Hundesohne ist tot; er ist schmachvoll gefallen, gestürzt und gestorben wie ein Ungläubiger, ohne Ruhm und Ehre. El Thibb, der Schakal, und el Tabäa, die Hyäne, werden ihn fressen; el Büdj, der gewaltige Bartgeier, mag ihm das feige Herz zerhacken, und el Rhassahl, die Gazelle, mag ihn und seine Väter beschimpfen, ihn, der ohne Kampf und Gegenwehr aus dem Lande der Lebendigen gegangen ist. Er, der sich el Jawuhs, den Grausamen, nennen ließ, muß aus seinem Felle steigen. Holt die Hariri, die Musikanten, herbei; sie mögen auf der Nogara seine Schande trommeln und ihm mit der Rababa seine Schmach vorpfeifen!«

So klang es jubelnd und verhöhnend von allen Seiten. Man trat den toten Körper mit den Füßen; man schlug ihn mit den Fäusten, stieß ihn mit den Kolben und spie ihn verächtlich an. Die Spannung hatte mich verlassen; es war mir, als sei ich einer unvermeidlichen Todesgefahr entgangen, und tief atmend sah ich dem Treiben der heißblütigen Söhne einer glutüberfluteten Länderstrecke zu, die mich in ihrem Eifer um das gefallene Tier vollständig übersahen.

»Maschallah, tausend Schwerebrett,« meinte der Staffelsteiner, »is dos aan Gejauchz' und Gelärm'! Ich werd' nur schaun, ob sie sich halt auch bedanken werd'n!«

»Ama di bacht, welch ein Glück, daß du noch zur rechten Zeit gekommen bist!« klang es da neben mir.

Es war der, der zuletzt unter dem Löwen gelegen hatte. Von langer, hagerer, aber sehniger Figur, besaß er ein Gesicht, welches die Sonne beinahe schwarz gebrannt hatte. Seine großen, scharfen, dunklen Augen hatten ein eigentümliches Licht. Ein zorniger Blick aus ihnen konnte wohl auch einen beherzten Mann aus dem inneren Gleichgewichte bringen, das war ihnen leicht anzumerken.

»Gieb nicht mir, sondern dem Herrn die Ehre, der dich errettet hat!« antwortete ich, vielleicht etwas unfreundlicher als ich selbst beabsichtigte. Ich hätte diesem Manne nie mein Vertrauen schenken mögen.

»Ja, Allah die Ehre und dir den Dank!« stimmte er bei, indem sein Auge scharf und forschend über mich glitt. »Du bist fremd unter den Kindern der Wüste?«

»Ich komme aus Frankhistan, um Assad-Bei, den Herdenwürger, zu töten.«

»Du hast ihn getötet; Allah gab dir Heil und Gnade.«

Er wandte sich jetzt zu den noch immer schreienden und jubilierenden Arabern.

»Laßt ihn gehen, den Herrn mit dem dicken Kopfe! Er hat seine Schande genugsam vernommen, und seine Seele wird in die Haut eines Flohes fahren. Auf, ihr Männer, laßt uns Allah danken, der uns errettet hat. Knieet nieder und betet mit mir die heilige Fathha!«

El Fathha (die Eröffnung) ist das erste Kapitel des Kuran, welches bei allen religiösen Handlungen der Moslemin eine Hauptrolle spielt. Die Männer knieten, das Angesicht gegen Morgen gewandt, nieder und beteten eintönig: »Lob und Preis dem Weltenherrn, dem Allerbarmer, der da herrscht am Tage des Gerichts. Dir allein wollen wir dienen, und zu dir wollen wir flehen, auf daß du uns führest den rechten Weg, den Weg derer, die deiner Gnade sich freuen, und nicht den Weg derer, denen du zürnest, und nicht den der Irrenden!«

Nach Beendigung des Gebetes wandten sie nun auch mir ihre volle Aufmerksamkeit zu. Die Fragen und Lobpreisungen wollten kein Ende nehmen, bis endlich einer von ihnen meine Hand ergriff und mich ihnen entzog. »Du hast nur ruhen wollen unter dem Dache des Arabers, aber du mußt bei uns bleiben viele Tage! Ich bin der Bei-el-Urdi, der Vorsteher des Lagers, und du sollst mein Zelt haben, so lange es dir bei uns gefällt.«

»Ich danke dir, du Freund des Wanderers, doch ist mein Weg lang und mein Ziel noch weit. Ich werde das Fell des Löwen nehmen und dann weiter ziehen.«

»Wie heißt dein Ziel?« fragte der, welcher zuerst mit mir gesprochen hatte.

»Timbuktu,« antwortete ich, da ich es nicht für notwendig hielt, Bab-el-Ghud anzugeben.

»So könntest du mit mir reisen, denn ich gehöre zu den Kriegern der U8lad Sliman, die gegen Mittag wohnen. Doch muß ich hier warten auf einen unserer Männer, welcher mit einer Botschaft in die Stadt der Franken geritten ist.«

Diese letzten Worte erregten meine Aufmerksamkeit.

Er war einer der Gäste, von denen der Alte gesprochen hatte.

»Ich kann nicht warten. Du aber reitest bessere Kamele als ich und wirst mich einholen.«

»Wie viele Männer sind bei dir?«

»Zwei.«

»Und du fürchtest dich nicht, mit so wenigen in das Bahr billa ma, in das ›Meer ohne Wasser[37]‹ zu gehen?«

»Ich fürchte mich nie.«

»Fürchtest du auch Hedjahn-Bei, den Karawanenwürger, nicht? Du kannst seiner Gum gar leicht begegnen!«

»Er wird mich friedlich ziehen lassen, denn sonst geht es ihm wie Assad-Bei, dem Herdenwürger.«

Es war ein eigentümliches Aufleuchten seines stechenden Auges, welches mir bei diesen Worten entgegenblitzte.

»Du hast Assad-Bei getötet, Fremdling; der Hedjahn-Bei aber würde dich zermalmen. Er ist fürchterlicher als Areth, der Donnerstimmige.«

»Kennst du ihn?«

»Ihn kennt jeder Tuareg und Tebu; warum sollte ich ihn nicht kennen? Spricht nicht jedermann von ihm?«

»So kennst du wohl auch Mahmud Ben Mustafa Abd Ibrahim Jaakub Ibn Baschar, den Imoscharh?« fragte ich, es möglichst verbergend, daß ich sein Gesicht scharf beobachtete.

Er entfärbte sich trotz seines dunklen Teints.

»Wer ist dieser Mann?«

»Er ist kein Mann, sondern ein Weib, dessen Zunge nicht zu schweigen weiß. Ich traf ihn, und er sagte mir, daß er ein Bote des Hedjahn-Bei sei und zu einem Franken gehe, um ein Lösegeld zu fordern.«

Die Brauen des Arabers zogen sich finster zusammen.

»Allah inhal el Kelb, Gott verderbe den Hund! Und du bist zu dem Franken gegangen, um ihn zu warnen?«

»Warum ich? Der Imoscharh wird schon selbst mit ihm sprechen!«

»Sihdi, du hast klug und weise gehandelt, denn Reden ist Silber, Schweigen aber Gold!«

Ich wußte genug. Dieser Araber war jedenfalls einer der Leute des Hedjahn-Bei und wartete hier auf die Rückkehr des Boten, der in Algier gefangen gehalten wurde, und der Bei el Urdi war wohl ein geheimer Verbündeter des Karawa-

---

[37] Wüste

nenwürgers. Ich konnte die Gastfreundschaft dieser Leute, denen ich vielleicht noch feindlich gegenübertreten mußte, nicht in Anspruch nehmen und beschloß, sofort wieder aufzubrechen.

Mit Hilfe Josefs schälte ich den Löwen schnell aus seinem Felle und kehrte dann unter der jubelnden Begleitung sämtlicher Männer nach dem Duar zurück. Die glückliche Jagd hatte kein Menschenleben gekostet, denn auch die zwei, welche der Löwe niedergerissen hatte, waren nur verwundet worden, allerdings so schwer, daß sie in das Dorf getragen werden mußten.

Hassan der Große kam mir freudig entgegen geeilt.

»Du lebst, Sihdi, du bist wieder da und hast den Herrn mit dem dicken Kopfe getötet? Hamdulillah, Preis und Ruhm sei dem Herrn, der dein Schutz gewesen ist! Ich habe um dich gezittert, wie der Halm des Grases, wenn der Smum über die Oase geht.«

»Maschallah, tausend Schwerebrett, is dos aan Vergleich: aan Grashalm und Djezzar-Bei, der Menschenwürger!« antwortete Josef statt meiner. »Schämst du dich nit, Hassan el Kebihr, zu deutsch der große Haas'? Mach dich rasch aufs Kamel, denn die Reis' geht wieder vorwärts!«

Als ich im Begriffe stand, Abschied zu nehmen, führte mich der Uëlad Sliman zu seinen Kamelen.

»Sihdi, du hast kein Djemmel, wie du es brauchst. Deine Hand hat mich vom Tode errettet. Sieh dieses Tier an! Es ist ein Hedjihn, ein Bischarinhedjihn, wie es in der ganzen Sahel kein zweites giebt; maktub ala salamtek, es ist auf deinen Namen geschrieben; ich schenke es dir!«

Es war ein kostbares Geschenk. Hatte dieser Mann die Mittel dazu? Ich wollte widersprechen, weil ich ihn als meinen Feind betrachten mußte; er aber winkte mit einem wahrhaft gebieterischen Ausdrucke zum Schweigen und zog dann ein eigentümlich geformtes Korallenstück hervor.

»Du hast gelernt, den Mund verschlossen zu halten. Nimm diese Anaia[38], und wenn du der Gum des Hedjahn-Bei be-

---

[38] Zeichen

gegnest, so zeige sie vor. Sie wird dir Schutz gewähren, denn du hast einen Gläubigen aus den Klauen des Sihdi-el-salssali errettet. Steige auf, und reise ohne Furcht!«

Um ihn nicht zu erzürnen oder gar sein Mißtrauen zu erwecken, mußte ich das Tier annehmen. In der Ecke der Satteldecke sah ich eine Arabeske, in welcher sich die Buchstaben A. L. eingestickt befanden. Es waren die Anfangsbuchstaben des Namens André Latréaumont.

Ich sagte dem Alten und seiner Tochter, in deren Zelte ich Aufnahme gefunden hatte, Dank und wurde dann vom Bei el Urdi und von einigen seiner Leute eine Strecke weit begleitet. Als er von mir schied, meinte er: »Sihdi, du bist ein tapferer Krieger, doch der Hedjahn-Bei ist mächtiger als du. Aber ich habe gesehen, daß du seine Anaia bekommen hast. Du wirst sicher sein, so weit die Wüste reicht. Sallam aaleikum, Friede und Heil sei mit dir!« – – –

3. Hedjahn-Bei, der Karawanenwürger

Die Wüste! –

Von der Nordwestküste Afrikas zieht sich mit wenigen kurzen Unterbrechungen bis hinüber nach Asien hinauf zu dem mächtigen Kamme des Chinggangebirges eine Reihe von öden, unwirtlichen Länderstrecken, die einander an Grausen überbieten. Die großen Wüsten des afrikanischen Kontinentes springen über die Landenge von Suez hinüber in die öden Flächen des steinigen Arabiens, denen sich die nackten, dürren Strecken Persiens und Afghanistans anschließen, um hinauf in die Bucharei und Mongolei zu steigen und dort die grauenvolle Gobi zu bilden.

Wohl über 120.000 Quadratmeilen groß, erstreckt sich die Sahara vom Cap Blanco bis zu den Bergwänden des Nilthales und vom Rif bis in die heißdunstigen Wälder des Sudan. Ihre Einteilung ist eine sehr mannigfaltige. Die an die Nilländer stoßende libysche Wüste geht nach Westen in denjenigen Teil der eigentlichen Sahara über, von welcher der Dichter sagt:

»... bis da, wo sich im Sonnenbrande
Die öde Hammada erstreckt,
Und man im glühend heißen Sande
Nicht einen grünen Halm entdeckt ...«

und von hier aus zieht sich dann die Sahel bis an die Küste des Atlantischen Oceans. Der Araber unterscheidet die bewohnte (Fiafi), unbewohnte (Khela), gesträuchige (Haitia), bewaldete (Ghoba), steinige (Serir), mit Felsblöcken übersäte (Warr), gebirgige (Dschebel oder Nedsched), flache (Sahel oder Tehama) und von beweglichen Dünen durchzogene Wüste (Ghud).

Die Ansicht, daß die Sahara eine Tiefebene bilde, welche niedriger liege, als der Wasserspiegel des Meeres, ist eine durchaus irrige; vielmehr ist die Wüste ein ausgedehntes Tafelland von tausend bis zweitausend Fuß Höhe und gar nicht so arm an Abwechslung der Bodengestaltung, wie man bisher immer meinte.

Das Letztere ist besonders der Fall im östlichen Teile, in der eigentlichen Sahara, welche sich dem Wanderer freundlicher zeigt, als die westliche Sahel, die der eigentliche Schauplatz der Wüstenschrecken und des gefürchteten Flugsandes ist, der, vom Winde zu fortrückenden Wellen angehäuft, langsam durch die Wüste wandert; daher der Name Sahel, d. i. Wandermeer. Diese Beweglichkeit des Sandbodens muß natürlich dem Wachstume der Pflanzen außerordentlich hinderlich sein, und dazu kommt der außerordentliche Mangel an Quellen und Brunnen, ohne welche das Entstehen von Oasen eine absolute Unmöglichkeit ist. Der dürre Sandboden vermag kaum einige wertlose Salzpflanzen, höchstens noch etwas dürren Thymian, ein paar Disteln und einige stachelige, krüppelhafte Mimosen zu nähren.

Durch das glühende Sandmeer streift nicht der wilde Leu, obgleich der Dichter behauptet: »Wüstenkönig ist der Löwe;« nur Vipern, Skorpione und ungeheure Flöhe finden in dem heißen Boden ein behagliches Dasein, und selbst die Fliege, welche den Karawanen eine Strecke in die Wüste hinein folgt, stirbt bald auf dem Wege. Und dennoch wagt sich der Mensch in den Sonnenbrand und trotzt den Gefahren, welche ihn von allen Seiten umdrohen. Freilich ist deren Schilderung oft eine übertriebene, aber es bleibt trotzdem genug übrig, um die Sehnsucht nach einem »Wüstenritte« zu verleiden, dessen Opfer man in der Sahel häufiger findet, als in der wasserreicheren eigentlichen Sahara. Da liegen dann die ausgedorrten Leichen der Menschen und Tiere in Grauen erregenden Stellungen neben- und übereinander; der eine hält den leeren Wasserschlauch noch in den entfleischten Händen; ein anderer hatte wie wahnsinnig die Erde unter sich aufgewühlt, um sich Kühlung zu verschaffen; ein dritter sitzt als vertrocknete Mumie auf dem gebleichten Skelett seines Kameles, den Turban noch auf dem nackten Schädel, und ein vierter kniet am Boden; das Gesicht ist gegen Morgen nach Mekka gerichtet, und die Arme sind über die Brust gekreuzt. Sein letzter Gedanke hat, wie es dem frommen Moslem geziemt, Allah und seinen Propheten gesucht.

Und dennoch hat die Wüste ihren Zweck zu erfüllen in dem großen Haushalte der Natur. Sie bildet den Glutofen, welcher die erhitzten Lüfte emporsteigen läßt, daß sie nach Norden streichen und, sich dort zur Erde niedersenkend, den Gegenden der Mitternacht die notwendige Wärme und Belebung bringen. Die Weisheit des Schöpfers duldet keinen Ueberschuß und hat von Anbeginn dafür gesorgt, daß alle Gegensätze und Extreme zur wohlthätigen Ausgleichung gelangen. – – –

Das berüchtigte Bab-el-Ghud liegt ungefähr auf dem einundzwanzigsten Breitengrade an der Grenze zwischen der Sahara und Sahel, wo auch das Gebiet der Tuareg oder Imoscharh mit demjenigen der Tebu oder Teda zusammenstößt.

Diese Grenzverhältnisse geben sowohl der Landschaft als auch ihrer menschlichen Staffage etwas fortwährend Kampfbereites. Die wandernden Sandberge der Sahel werden von dem herrschenden Westwinde immer weiter nach Osten getrieben und stoßen beim Bab-el-Ghud auf die Felsen der Serir, an denen sie sich aufbäumen und, die Thäler, Schluchten und sonstigen Zwischenräume mit unerbittlicher Sicherheit ausfüllend, tiefe Sandlager bilden, denen die Feuchtigkeit mangelt, um zu einer festen kompakten Masse zusammengepreßt zu werden. Wehe dem Wanderer, der in eine solche verräterische Sandsee gerät! Noch vor einigen Augenblicken hat sein Dromedar den sichern felsigen Boden unter den Hufen gefühlt, plötzlich aber reicht ihm der feine, leichte Sand bis an den Leib; es macht eine kräftige Anstrengung, zurückzukehren, und gerät durch dieselbe nur noch tiefer in die brennende Körnerflut. Der Reiter darf nicht vom Tiere steigen, weil er sonst versinkt; er kämpft mit den Krallen des Sandes, die ihn immer enger, immer fester umschließen; das Dromedar arbeitet sich immer tiefer hinab; es verschwindet endlich ganz; das Bahr-el-Ghud, das Dünenmeer, reicht immer höher an dem Reiter hinauf; es faßt ihn bei den Beinen, bei den Hüften, an den Schultern; schon kann er sich nicht mehr regen; er wendet das Haupt nach der heiligen Kaaba; »Allah kehrim, wie Gott will, Allah ist gnädig!« flüstern seine bleichen vertrockneten Lippen, die nun der Sand verschließt. Die Düne schnürt ihm die Brust zusammen, die Lider schließen sich; der Engel des Todes rauscht vorüber, und hoch oben in der Luft schwebt der Bartgeier. Er hat den letzten Kampf des Wanderers beobachtet, aber in einer langsamen, weit sich aufwickelnden Spirallinie läßt er sich von seinen gewaltigen Schwingen in die Ferne tragen; er weiß, daß die Düne ihre Opfer vollständig verschlingt und ihm nicht den mindesten Anteil an ihrem Raube gönnt.

Das ist das Bab-el-Ghud. Wer sich zwischen seine Felsen und Sandwogen wagt, muß von schwer wiegenden Gründen dazu gedrängt werden.

Und doch giebt es wilde Gestalten, welche vor einem solchen Wagnisse nicht zurückbeben. Sie schöpfen den Mut dazu aus dem fürchterlichen »Ed dem Ued dem - en nefs Wen nefs, Auge um Auge, Zahn um Zahn, Blut um Blut«. Neben der Gastfreundschaft ist die Blutrache das erste Wüstengesetz, und wenn es auch zwischen den Angehörigen verwandter Stämme vorkommt, daß ein Mord mit der Entrichtung des Diyeh (Blutpreis) gesühnt wird, so ist dies doch wohl niemals der Fall bei einem Verbrechen, welches durch das Glied einer fremden oder feindlichen Völkerschaft begangen wurde. Da erfordert die Schuld blutige Rache; sie wandert herüber und hinüber, wird größer und immer größer, bis sie endlich ganze Stämme erfaßt und zu jenem öffentlichen und heimlichen Hinschlachten führt, zu welchem das Bab-el-Ghud zwischen den Tuareg und Tebu den Schauplatz bildet. Hier ist das Blutgesetz mächtiger als die Natur, welche alle ihre Schrecken aufbietet, die Feinde zu trennen, und doch grad durch diese Schrecken den Feindseligkeiten ein Grausen verleiht, wie es die zerfleischenden Kämpfe der wilden Indianerhorden Amerikas nicht größer bieten können. – – –

Seit unserm letzten Abenteuer waren mehrere Wochen vergangen, und ich hatte Hassan wirklich als einen ausgezeichneten Führer kennen gelernt, ein Umstand, welcher mich mit seinem Mangel an Mut zur Genüge aussöhnte. Er kannte nicht nur die Wege genau, sondern verstand es, alle seine Vorkehrungsmaßregeln so zu treffen, daß wir bisher nicht den geringsten Schaden oder Mangel zu leiden hatten. Seine Anhänglichkeit an mich hatte sich nach und nach zu einer ganz erfreulichen Stärke entwickelt, und ich hätte ihm gern mein vollständiges Vertrauen geschenkt, wenn mir nicht eine außerordentliche, beängstigende Aufregung aufgefallen wäre, an welcher er seit einiger Zeit, und zwar nur des Morgens, zu leiden schien. Er saß dann auf seiner Matte, von welcher er nicht aufzubringen war, weinte und schluchzte, lachte und jubelte in einem Atem, nannte sich bald einen Helden und bald eine Memme, bald einen guten Moslem und bald einen Ungehorsamen, der in die Tschehenna fahren müsse. Es war eine Art Wahnsinn, der ihn erfaßt haben mußte und dessen Ursache ich gar zu gern auf die Spur gekommen wäre; doch stand es fest, daß ich mich der Führung eines geistig gestörten Mannes nicht ohne ganz besondere Vorsicht anvertrauen konnte, was mir seiner sonstigen Zuverlässigkeit wegen herzlich leid that.

Wir waren noch immer bloß drei Personen und zählten eine hinreichende Anzahl Packkamele, um die Lasten verteilen zu können; darum reisten wir mit doppelter Schnelligkeit als eine gewöhnliche Karawane und konnten sicher sein, das Bab-el-Ghud nach drei guten Tagemärschen zu erreichen. Da mein Hedjihn ein besserer Läufer als die andern Tiere war, so pflegte ich des Morgens später als Josef und Hassan aufzubrechen und, wenn ich sie eingeholt hatte, ihnen eine Strecke vorauszueilen, um dann bis zu ihrem Nahen entweder meinen Tschibuk in Gemütlichkeit rauchen zu können oder für die Bereicherung meiner Naturaliensammlung Sorge zu tragen.

So ritt ich auch jetzt ganz allein zwischen den Dünen dahin und hielt zuweilen mein Tier an, um dem eigentümlichen Klingen des Sandes zu lauschen, welches, beinahe unhörbar, für ein scharfes Ohr dennoch zu vernehmen war. Die einzelnen Körnchen berührten sich, drängten einander vorwärts, an der westlichen Seite der Dünen empor, an der entgegengesetzten wieder hinab, und verursachten jenes seltsame, beinahe singende Geräusch, welches in seinem zarten, metallischen Klange dem heimlichen Flüstern von Millionen Liliputkehlen gleicht. Die Myriaden und aber Myriaden Körnchen bewegten sich, ohne daß ich einen nennenswerten Lufthauch bemerkt hätte; sie waren einmal in Gang gebracht und behielten ihre Stetigkeit infolge einer so geringen Bewegung der Atmosphäre, daß die menschliche Haut für dieselbe keine Empfänglichkeit besaß.

Da bemerkte ich zwischen zwei Erhöhungen einen kleinen Sandberg, welcher nicht auf natürliche Weise entstanden sein konnte. Ich ließ mein Hedjihn niederknieen und stieg ab, um ihn zu untersuchen. Ich hatte recht vermutet. Hier lag die Leiche eines Arabers samt derjenigen seines Tieres, welche der wandernde Sand bereits überflutet hatte. Das Tier war ein echtes Bischarin gewesen und – wahrhaftig, es hatte, wie ich jetzt sah, eine Kugel vor die Stirne bekommen.

Sollte hier ein Akt der Blutrache vorliegen? Ich entfernte den Sand weiter, um den Reiter genauer in Augenschein zu nehmen. Ich fand ihn in vollständiger Bekleidung und Bewaffnung; der Kapuze seines Burnus war ein A. L. eingestickt, und dieselben zwei Buchstaben fand ich auch dem Kolben seiner Flinte und dem Griffe seines Messers eingebrannt. Grad einen Zoll über der Nasenwurzel sah ich ein scharfes rundes Loch, welches von einer Kugel herrührte, die dem Manne vorn in den Kopf und hinten wieder hinaus gedrungen war.

»Emery Bothwell!« rief ich überrascht, obgleich kein Mensch in der Nähe war, der mich hören konnte.

Ich kannte diesen Kapitalschuß; ich hatte dasselbe Loch in mancher Indianerstirne gesehen, welche der sichern Büchse meines englischen Freundes zu nahe gekommen war, und wußte daher ganz genau, daß er auch hier der Schütze gewesen sei. Er befand sich also bereits in Bab-el-Ghud, und es mußten wenigstens drei Wochen seit diesem Schusse vergangen sein, wie ich aus der Höhe des Sandes und an genugsam andern Zeichen sah. Ich sagte mir augenblicklich, daß dies nicht der einzige Tote sei, dessen Gebeine, getroffen von der Kugel des »verytablen Englishman«, in der Wüste bleichten; das verhängnisvolle Zeichen mußte jedem den Tod bringen, an dessen Kleidern oder Waffen er es bemerkte.

Ich vermutete auch hier ganz richtig, denn in einiger Entfernung fand ich eine zweite und dann noch eine dritte Leiche, einen Zoll hoch über der Nasenwurzel in die Stirn getroffen. Der Hedjahn-Bei hatte einen fürchterlichen, unerbittlichen Feind gefunden, der sicherlich nicht eher ruhte, als bis Rénald Latréaumont gefunden oder gerächt worden war.

Eine Strecke weiter fand ich eine ganz frische Darb (Spur), welche unsere Richtung schief durchschnitt. Sie stammte von einem einzelnen Tiere und war so klein, daß ich vermutete, das Kamel sei ein Bischarinhedjihn oder wenigstens eines jener Mehara, wie man sie bei den Tuareg in ausgezeichneter Rasse findet. Ein solches Mehari übertrifft an Schnelligkeit, Ausdauer und Enthaltsamkeit sogar oft noch das Hedjihn der Bischara, und besonders sind es dann die Stuten, für welche man einen ganz außerordentlich hohen Preis bezahlt.

Dieses Tier hier war eine Stute, denn die hinteren Füße hatten eine größere Spurweite als die vorderen. Die Eindrücke waren nicht tief, aber auch nicht zu seicht; das Kamel war also nur mittelmäßig belastet; es trug nichts als seinen Reiter. Dieser war also entweder ein Verfolgter oder ein Räuber oder einer jener Kuriere, wie sie die Wüste auf ihren schnellen Tieren nach allen gangbaren Richtungen durcheilen. Das letztere freilich schien mir unwahrscheinlich, denn der Mann hielt mitten in die Serir hinein, in welcher ein Kurier nichts zu suchen hat. Aber was wollte ein Räuber dort, wo es eine Beute unmöglich geben konnte? So war es also doch wohl ein Flüchtling, der die Verborgenheit suchte, vielleicht auch ein Bluträcher, der einen einsamen Bir (Brunnen) entdeckt hatte und von demselben aus seine unheilvollen Ausflüge unternahm.

Die Spuren waren noch vollständig rein; kein einziges Körnchen Sand lag in ihnen, und keiner der Eindrücke zeigte, wie es beim Laufe nicht zu vermeiden ist, nach rückwärts einen Schweif. Der Mann war also langsam geritten und vor kaum fünf Minuten hier vorübergekommen. Dieser einsame Reiter hier mitten in der Wüste war jedenfalls eine ganz ungewöhnliche Erscheinung und nahm mein vollstes Interesse für sich in Anspruch. Ich machte auf meiner Fährte ein Zeichen, daß die Meinen unbesorgt ihre Richtung weiter beibehalten sollten, und wandte mich seitwärts hinter der aufgefundenen Spur her.

»Hhein, hhein!« Auf diesen Zuruf warf mein Hedjihn den Kopf in den Nacken und stürmte wie eine Windsbraut zwischen den Dünenbergen dahin. Wäre das Terrain eben gewesen, so hätte ich meinen Verfolgten sicher schon nach zehn Minuten erblickt; da aber die Sanderhöhungen jede Aussicht hemmten, so wurde er mir erst sichtbar, als ich mich schon in seiner Nähe befand.

»Rrree, halt!« rief ich ihm zu.

Er hatte den Ruf vernommen und zügelte sofort sein Dromedar, welches allerdings ein sehr schönes Mehari war. Es herumlenkend, erblickte er mich und riß sofort die lange Flinte vom Sattelriemen.

»Sallam aaleikum, Friede sei zwischen dir und mir!« grüßte ich ihn, ohne nach einer meiner Waffen zu langen. »Hänge dein Gewehr an den Serdj, denn ich erlaube dir, Freund zu mir zu sagen!«

Er blickte mich mit großen, verwunderungsvollen Augen an. »Du erlaubst es mir? Weißt du auch, ob ich dir die Erlaubnis zu dieser Erlaubnis gebe?«

»Du brauchst sie mir nicht zu geben, Mann, denn ich habe sie mir bereits genommen.«

»Wie ist dein Name, und wie heißt der Stamm, zu welchem du gehörst?«

Mein Aeußeres und meine ganze Ausrüstung berechtigten ihn allerdings, mich für einen Araber zu halten. Er selbst war ein Tebu, wie ich auf den ersten Blick bemerkte. Die dunkle, beinahe schwarze Hautfarbe, das kurze, krause Haar, die starken, vollen Lippen, die etwas hervortretenden Backenknochen unterschieden ihn deutlich von dem Beduinen und

Tuareg. Sollte ihn eine Blutrache herein in das Bahr-el-Ghud getrieben haben? Ich konnte mir nicht denken, daß es hier zwischen den wandernden Dünen eine Quelle geben könne, und dennoch trug er keinen großen Wasserschlauch, sondern an dem hintern Sattelknopfe hing nur eine kleine Zemzemih (Wassergefäß) von Gazellenleder. Er trug nebst der langen Flinte eine vollständige Kriegerausrüstung, und sein Leib stak unter dem weiten, weißen Burnus in einem eng anschließenden Wams von Ochsenleder, welches als Harnisch gegen Schnittwaffen und Wurfgeschosse dient und gewöhnlich nur von den Tuareg getragen wird.

»Ich komme aus dem fernen Lande Germanistan herüber, wo es keine Stämme und keine Ferkah giebt. Du bist ein Tebu?«

Er überhörte die letztere Frage und rief ganz verwundert: »Aus Germanistan? Kennst du den Sihdi Emir?«

»Ich kenne ihn,« antwortete ich nun überrascht. »Hast du ihn gesehen?«

»Ich habe ihn gesehen. Bist du der Scheikh aus Germanistan, auf den er wartet?«

»Ich bin es.«

»Habakek, so sei mir willkommen, Sihdi! Ich bin von ihm ausgesandt, dich zu erwarten.«

»Wo ist er?«

»Im weiten Bab-el-Ghud. Am Bab-el-Ghud wirst du sein Zeichen finden, welches dir sagt, wo seine Füße weilen.«

»So danke Allah, daß ich deine Darb sah und ihnen folgte; du hättest mich sonst vorüberziehen lassen, ohne mich zu sehen.«

»Ich hätte dich gefunden, Sihdi. Ich wollte in der Serir mein Mehari tränken und mir Wasser holen; dann wäre ich zurückgekehrt zum Wege, den du kommen mußtest. Ich hätte deine Darb gesehen und wäre dir gefolgt, bis ich sah, wer du bist.«

»So kennst du eine Quelle in dieser Wüste?«

»Ich kenne viele Quellen, die nur mein Auge gesehen hat, Sihdi.«

»Und du bist ein Tebu?«

»Du hast es erraten; ich bin ein Tebu vom Stamme der Beni Amalech.«

»Und wie ist dein Name?«

»Ich habe keinen Namen, Sihdi. Mein Name liegt vergraben unter dem Dache meines Zeltes, bis ich den Schwur erfüllt habe, den ich beim Barte des Propheten und beim ewigen Gericht that. Nenne mich Abu billa Beni (Vater ohne Söhne)!«

Dieser Wunsch sagte mir alles, dennoch aber fragte ich weiter: »Man hat dir deine Söhne getötet?«

»Drei Söhne, Sihdi, drei Söhne, die meine Freude, mein Stolz und meine Hoffnung waren. Sie standen hoch und schlank wie die Palmen, waren klug wie Abu Bekr, tapfer wie Ali, stark wie Khalid und gehorsam wie Sadik, der Aufrichtige. Sie trieben meine Herde zum Bir, und ich fand ihre Leichen, nicht aber die Tiere.«

»Wer hat sie getötet?«

»Hedjahn-Bei, der Karawanenwürger. Er holte sich meine Mehara, um seine Räuber zu tragen, und meine Rinder und Schafe zur Speise für die Mörder. Ich habe mein Duar, meinen Stamm, mein Weib und meine Töchter verlassen und bin ihm nachgefolgt von einer Uah[39] zur andern. Meine Lanze hat drei, mein Pfeil vier und mein Messer sechs seiner Männer gefressen, ihn selbst aber beschützt der Scheitan, daß ihn mein Auge nicht erblicken und mein Arm nicht erreichen konnte. Aber er wird dennoch in die Dschehenna gehen, denn wenn meine Hand zu kurz ist, so wirst du ihn treffen, du und Sihdi Emir, den sie Behluwan-Bei, den Räuberwürger, nennen.«

»Wo trafst du ihn?«

»Beim Brunnen Khoohl, wo seine Kugel drei Hedjahn tötete, die das Todeszeichen trugen.«

»Wen hatte er bei sich?«

»Zwei Männer, die sein Diener und sein Führer sind. Hast du nicht auf deinem Wege Leichen gefunden, welche durch die Stirn geschossen waren – Reiter und Tier?«

---

[39] Oase

»Ja.«

»Das ist Sihdi Emir, der Behluwan-Bei, gewesen. Seine Kugel ist wie Allahs Zorn; sie fehlt nie ihr Ziel. Der Hedjahn-Bei und seine Gum kennen die Büchse des Rächers; sie fluchen ihm, aber der friedliche Hirt denkt ihrer mit segnendem Worte. Er reitet auf den Ethar (Fährten) der Räuber; sie wollen ihn fangen und töten, aber sein Gott ist mächtig wie Allah; er macht ihn unsichtbar und behütet ihn vor aller Fährlichkeit. In jeder Uah ertönt sein Lob, und an jedem Bir erklingt sein Ruhm; die Wüste ist stolz auf seinen Namen, und die Lüfte verbreiten den Preis seiner Thaten. Er ist der Richter des Sünders und der Schutz des Gerechten; er kommt und geht, keiner weiß, woher und wohin. Ich aber werde dich zu ihm bringen, damit dein Name so groß werde, wie der seinige.«

Das war ja eine wirkliche Hymne, gesungen auf meinen braven Emery Bothwell! Dieser Tebu hatte jedenfalls ein mutigeres Herz, als der große Hassan, und ich konnte mich seiner Führung ohne Sorge anvertrauen.

»Wie weit ist es noch bis zum Bab-el-Ghud?« fragte ich.

»Einen Tag und noch einen Tag; wenn dann dein Schatten nach Osten geht, dreimal so lang wie dein Fuß, wird dein Bischarin unter dem Bab-el-Hadjar (Thor der Steine) niederknien, damit du im Schatten Ruhe findest.«

Der Bewohner der Wüste kennt weder Kompaß noch Uhr oder Bussole. Die Sterne zeigen ihm den Weg, und nach der Länge des Schattens bestimmt er seine Zeit. Und darin besitzt er eine solche Fertigkeit, daß er sich nur selten irrt.

»So komm, damit wir meine Leute treffen!«

»Mein Wasser geht zur Neige, Sihdi!«

»Du findest bei mir, soviel du dessen bedarfst.«

Er folgte mir. In kurzer Zeit stießen wir auf Josef und Hassan, welche mein Zeichen verstanden und ihre Richtung beibehalten hatten. Sie verwunderten sich nicht wenig über die Gesellschaft, welche ich hier mitten in der Wüste aufgegriffen hatte.

»Maschallah, tausend Schwerebrett,« meinte der Staffel-steiner, »is dos hübsch, daß Gesellschaft kommt! Wer is denn halt der Schwarze, Herr?«

»Das ist Abu billa Beni, der uns nach dem Bab-el-Ghud führen wird.«

Da zogen sich die Brauen Hassans finster zusammen.

»Wer ist dieser Tebu, daß er den Weg besser kennen will, als Hassan el Kebihr, den alle Kinder der Wüste Djezzar-Bei, den Menschenwürger, nennen? Welche Mutter hat ihn ge-boren, und wie viele Väter sind ihm vorangegangen? Er kann gehen, wohin er will, Sihdi; ich werde dich nach dem Babel-Ghud bringen auch ohne ihn! Sieh sein Gesicht und sein Haar, seine Wange und seinen Mund; ist er ein echter Nachkomme Ismails, welcher der wahre Sohn des Erzvaters Abram war?«

Der Tebu sah ihm ruhig lächelnd in die Augen.

»Du nennst dich Hassan el Kebihr und Djezzar-Bei, den Menschenwürger? Das Ohr meines Djemmels hat noch niemals diese Namen vernommen. Wie heißt dein Stamm und deine Ferkah?«

»Ich bin ein Kubaschi vom Ferkah en Nurab. Wir haben den Panther mit seiner Frau und Assad-Bei, den Löwen, getötet. Wen aber hast du getötet? Du bist der Vater ohne Söhne und der Tebu ohne Mut und Heldenthat. Ich werde den Sihdi führen; du aber kannst dich am Schwanze meines Djemmels halten!«

Der Tebu blieb auch bei dieser Beleidigung gleichmütig.

»Wie ist dein Name?« fragte er.

»Größer als die Zahl deiner Verwandten und länger als dein Gedächtnis. Ich heiße Hassan-Ben-Abulfeda-Ibn-Haukal al Wardi-Jussuf-Ibn-Abul-Foslan-Ben-Ishak al Duli.«

»Nun gut, Hassan-Ben-Abulfeda-Ibn-Haukal al Wardi-Jussuf-Ibn-Abul-Foslan-Ben-Ishak al Duli, steige von deinem Djemmel, denn ich habe ein kleines mit dir zu reden!«

Er stieg ab, zog sein Messer und setzte sich in den Sand.

Ein arabisches Duell! Das hatte ich erwartet und aus die-sem Grunde den kleinen Zank ruhig gestattet; ich wußte, daß den großen Hassan eine Demütigung erwartete. Dieser merkte jetzt, was ihm drohte, und meinte: »Wer hat dir erlaubt, vom Kamele zu steigen? Weißt du nicht, daß hier keiner zu befehlen hat als nur der Sihdi, der Eile hat, nach dem Bab-el-Ghud zu kommen?«

»Ich erlaube es euch, abzusteigen, Hassan,« antwortete ich ihm. »Du bist ein tapferer Kubaschi en Nurab und hast ein scharfes Kussa; wahre deine Ehre!«

»Aber wir haben keine Zeit, Sihdi; die Schatten werden immer länger!«

»Darum steige ab, und beeile dich!«

Jetzt konnte er nicht anders; er stieg ab, setzte sich dem Tebu gegenüber und zog sein Messer ebenfalls.

Ohne ein Wort weiter zu verlieren, entfernte der Tebu sein Beinkleid von der Wade, setzte die Spitze des Messers an dieselbe und bohrte sich die Klinge bis an das Heft in das Fleisch. Dann blickte er Hassan still und erwartungsvoll in das Angesicht.

Der Kubaschi mußte, um seine Ehre zu retten, denselben Stich auch bei sich anbringen. Auf diese Weise zerfleischen sich zwei Kämpfer oft viele Muskeln ihres Körpers, ohne bei diesen höchst schmerzhaften Verwundungen mit der Wimper zu zucken; wer am längsten aushält, hat gesiegt. Die Söhne der Wildnis halten es für eine Schande, sich vom Schmerze beherrschen zu lassen.

Hassan entblößte höchst langsam seine Wade und setzte sich die Messerspitze auf die Haut. Diese bog sich unter einem leisen, ganz leisen Versuch, die Klinge einzustoßen, aber Djezzar-Bei, der Menschenwürger, merkte, daß dies wehe thue; er schnitt ein recht schauderhaftes Gesicht und stand schon im Begriffe, die Waffe wieder abzusetzen, als ein Intermezzo eintrat, auf welches er am allerwenigsten vorbereitet war. Josef Korndörfer war nämlich ebenfalls abgestiegen, um sich den Zweikampf in Bequemlichkeit betrachten zu können; er stand hart hinter dem Kubaschi, und als dieser jetzt Miene machte, das Duell aufzugeben, bog er sich, einer augenblicklichen Malice folgend, vor und schlug mit der Faust so kräftig auf das Heft des noch über dem Beine schwebenden Messers, daß der scharfe, spitze Stahl zur einen Seite der Wade hinein und zur andern wieder heraus fuhr.

Mit einem fürchterlichen Schrei sprang Hassan empor.

»Be issm lillahi ia Kir, um Gottes willen, Kerl, bist du verrückt? Was hast du mit meinem Beine zu schaffen? Gehört diese Wade mir oder dir, du Laus, du Floh, du Igel, du Vater von einem Igel, du Vetter und Oheim von einem Igelsvater? Habe ich dir etwa mein Bein geborgt, daß du mit meiner Wade zeigen sollst, wie tapfer du bist, du Giaur, du Sohn und Enkel einer Giaurin, du – du – du Jussef Koh-er-darb-BenKoh-er-darb-Ibn-Koh-er-darb-Abu-Koh-er-darb el Kahelbrunn!«

Es war ein fürchterlicher Wutausbruch, aber ich konnte wirklich nicht anders, ich mußte lachen über den tragikomischen Anblick des Riesen, welcher – das Messer stak noch immer in der Wade – auf einem Bein die wunderlichsten Kraftsprünge ausführte und trotz seines Grimmes nicht den Mut besaß, sich an dem Staffelsteiner zu vergreifen.

»Maschallah, so schäm' dich doch in die Seel' hinein, Djezzar-Bei, du Menschenwürger,« antwortete dieser. Er hatte es jedenfalls nur auf einen kleinen Ritz abgesehen gehabt und war infolge seiner Körperstärke um einige Grade zu kräftig gekommen. »Geh' her; das Messer soll sogleich wieder 'raus!«

Er faßte den Kubaschi und zog unter einem erneuten Gebrüll desselben das Messer aus der Wunde. Als Hassan das rinnende Blut bemerkte, fiel er, so lang und breit er war, in den Sand. Er kam erst wieder zur Besinnung, als er bereits verbunden war. Der Anblick des rinnenden Blutes hatte einen solchen Eindruck auf ihn gemacht, daß, vielleicht auch infolge einer stillen Beschämung, der laute Zorn einem schweigsamen Groll gewichen war.

Natürlich bekam der Staffelsteiner einen Verweis, den er allerdings nicht sehr reuevoll hinnahm; dann wurde der so eigentümlich unterbrochene Weg wieder fortgesetzt.

Am Abend machten wir zwischen den Dünen Halt; die Zelte wurden aufgespannt, die Matten ausgebreitet, die Tiere gefüttert, und dann legten wir uns nach einem frugalen

Abendbrote, welches aus einer Handvoll Mehl, einigen Monakhirdatteln und einem Becher Wasser bestand, zur Ruhe.

Daß ich eine Wache ausstellte, verstand sich ganz von selbst. Hassan hatte sich, wie gewöhnlich so auch heute, den letzten Teil derselben ausgebeten. Die Hoffnung, mit Emmery nun bald zusammenzutreffen, ließ mich früher als sonst munter werden. Ich erhob mich und trat aus dem Zelte, um mir aus dem Schlauche eine Handvoll Wasser zum Waschen zu nehmen.

Ein wunderlicher Anblick bot sich mir dar. Bei den abgeladenen Effekten saß nämlich, mir den Rücken zukehrend, der lange Kubaschi von Ferkah en Nurab und hielt – – mein Spiritusfäßchen an den Mund. Ich führte das sorgfältig in Bastmatten gehüllte Fäßchen bei mir, um in der konservierenden Flüssigkeit allerlei für meine Sammlungen bestimmtes Getier aufzubewahren. Es befanden sich in demselben außer den mannigfaltigsten Insekten und Würmern allerlei Amphibien, Vipern, Skorpione, Steppenmolche, Birketkröten, und jetzt saß Hassan, der wahre Moslem, da an der Erde und schlürfte die Sauce, in welcher diese Kreaturen schwammen, mit einem Behagen, als sei er über den Nektar des Olymps geraten. Zugleich bemerkte ich, daß dieser Opfertrank nicht der erste sei, dem er sich hingab; denn er mußte das Fäßchen gewaltig heben, um noch einige Tropfen aus dem geöffneten Zapfenloche zu erhalten. Jetzt war ich mir mit einem Male über den Wahnsinn klar, an welchem er in jüngster Zeit zu leiden schien: es war nichts gewesen als – Betrunkenheit.

Ich schlich mich zu ihm hin und schlug ihm dann die Hand auf die Schulter. Er ließ vor Schreck das Fäßchen fallen und fuhr empor.

»Was thust du hier?«

»Ich trinke, Sihdi!« antwortete er, vollständig perplex vor Ueberraschung.

»Und was trinkst du?«

»Ma-el-Zat.«

Die Moslemin, welche sich im stillen dem Genusse des Weines und der Spirituosen hingeben, benennen dieselben mit den verschiedensten Namen, um ihr Gewissen zu beruhigen. Nach ihrer Logik ist der Wein nicht Wein, wenn er anders heißt.

»Ma-el-Zat, Wasser der Vorsehung? Wer hat dir den Namen des Getränkes genannt, welches sich in dem Gefäße befindet?«

»Ich kenne ihn, Sihdi. Als die Menschen einst traurig waren, ließ die Vorsehung eine Nuktha, einen Tropfen der Erheiterung, zur Erde fallen; er bewässerte das Land, und nun wuchsen allerlei Pflanzen hervor, deren Saft einen Teil der Nuktha enthält. Darum heißt solch ein Trank, der den Menschen fröhlich macht, Ma-el-Zat, Wasser der Vorsehung.«

»So sage ich dir, daß dies kein Ma-el-Zat, sondern Spiritus ist, der einen noch viel schlimmeren Geist hat, als der Wein, den du nicht trinken darfst.«

»Ich trinke keinen Wein und keinen Spiritus; ich habe die Nuktha-el-Zat genossen.«

»Aber auch diese ist dir verboten!«

»Du irrst, Sihdi; der Moslem darf sie trinken.«

»Hast du nicht gehört, daß der Prophet sagt: ›Kullu muskirün haram, alles, was trunken macht, ist verboten.‹«

»Sihdi, du bist weiser als ich; du kennst sogar die Ilm et tauahhid, die Lehre von dem einen Gotte und die Gesetze des frommen Schaffey; aber ich darf das Mal-el-Zat trinken, denn es macht mich nicht betrunken!«

»Es hat dich betrunken gemacht schon mehrere Tage, und auch jetzt hält der Geist des Schnapses deine Seele gefangen.«

»Meine Seele ist frei und munter, als hätte ich aus der Zemzemiëh getrunken!«

»So sage mir den Surat el kafirun!«

Diese Sure ist die hundertundneunte des Koran und findet bei den Muselmännern oft eine eigentümliche Anwendung. Dieses Kapitel muß nämlich ein Moslem hersagen, wenn man ihn für betrunken hält. Die einzelnen Verse unterscheiden sich nur dadurch voneinander, daß dieselben Worte in ihnen eine verschiedene Stellung haben, und ein Betrunkener wird es nur selten dahin bringen, sie nicht zu verwechseln. Deutsch heißt diese Sure: »Sprich: Oh ihr Ungläubigen, ich verehre nicht das, was ihr verehret, und ihr verehret nicht, was ich verehre, und ich werde auch nicht verehren das, was ihr verehret, und ihr werdet nie verehren das, was ich verehre. Ihr habt eure Religion und ich die meinige.« In arabischer Sprache ist allerdings die richtige Recitation eine viel kritischere und schwierigere als im Deutschen.

»Du hast kein Recht, Sihdi, mir den Surat el kafirun abzuverlangen, denn du bist nicht ein Moslem, sondern ein Christ.«

»Du würdest ihn sagen, doch du vermagst es nicht. Du glaubst, ein Moslem dürfe einem Christen nicht gehorchen; warum bist du dann mein Diener geworden? Du hältst es für kein Verbrechen, das Ma-el-Zat zu trinken, aber daß du es mir gestohlen hast, kannst du nicht leugnen. Der Koran bestraft den Dieb, und auch du wirst deine Strafe haben!«

»Kannst du einen Rechtgläubigen bestrafen, Sihdi? Geh zum Kadi!«

»Ich brauche deinen Kadi nicht!«

Hassan war nur unser Führer, und da die Aufsicht über das Gepäck Sache des Staffelsteiners war, so wußte der gute Kubaschi nicht, welchen Inhalt das Fäßchen außer dem Spiritus noch hatte. Ich nahm das Messer her. In wenigen Augenblicken waren die oberen Reifen zerschnitten und losgesprengt; ich schlug den Boden auf und hielt dem Menschenwürger nun das übelaussehende und noch übler riechende Gewürm unter die Nase.

»Hier hast du dein Ma-el-Zat, Hassan!«

Er spreizte die Beine aus, warf alle zehn Finger in die Luft und schnitt ein Gesicht, in welchem sich alle in dem Gefäße befindlichen Figuren wiederspiegelten.

»Bismillah, Sihdi, was habe ich da getrunken! Allah inhal el rhuschar, Allah verderbe dieses Faß; denn mir ist's in meiner Gurgel, als hätte ich die ganze Dschehenna hinuntergeschluckt mit zehn Millionen von Geistern und Teufeln!«

»Dies ist der eine Teil deiner Strafe; der andere mag in der Wunde bestehen, welche dir Yussuf gestern gestoßen hat. Ihr seid quitt!«

»Sihdi, die Wunde ist nicht so schlimm als dieses Ma-el-Zat. Paß auf, es wird mich im Augenblicke umbringen!«

Ich hatte keine Lust, mich an dem weiteren Anblick des traurigen Djezzar-Bei zu weiden, und gab Josef, der mittlerweile aufgewacht und herbeigekommen war, den Befehl, die Tiere auf ein Reservefäßchen zu füllen, welches ich glücklicherweise bei mir führte. Dieses war nun jedenfalls vor den Angriffen Hassans sicher, der wohl nicht gleich wieder Appetit nach der Nuktha der Fröhlichkeit verspürte.

Wir brachen auf und setzten unsere Wanderung bis gegen Mittag fort, wo wir zu unserem Erstaunen auf die Spur einer zahlreichen Karawane trafen.

»Allah akbar, Gott ist groß,« meinte Hassan, der sich bisher sehr kleinlaut verhalten hatte; »er dürstet nie und kennt alle Wege der Wüste; was aber will diese Kaffilah im Ghud, wo es kaum eine Quelle giebt, aus welcher zwei Tiere genug zu trinken bekommen?«

»Zählt die Spuren!« gebot ich.

Wir fanden Eindrücke von Menschen-, Pferde- und Kamelsfüßen. Die Djemmels waren meist schwer beladen; wir hatten also eine Handelskarawane vor uns. Eine genaue Uebersicht ergab sechzig Lastkamele, elf Satteltiere, und zwei Fußgänger nebst drei Reitern zu Pferde, welche uns die Gewißheit gaben, daß sich die Karawane verirrt haben müsse, denn hier gab es für mehrere Tagereisen nicht so viel Wasser, um ein einziges Pferd zu erhalten.

»Diese Kaffilah kommt aus Air und geht nach Safileh oder gar nach Tibesti,« bestimmte der Tebu.

»Dann hat sie sich einem sehr unwissenden Führer anvertraut, daß sie sich so außerordentlich weit verirren konnte.«

»Der Khabir ist nicht unwissend, Sihdi,« antwortete er mit einem eigentümlichen Lächeln um die aufgeworfenen Lippen. »Der Hedjahn-Bei nimmt in seiner Gum keinen Mann an, der die Wüste nicht kennt.«

Was konnte er meinen? Der Gedanke, welcher mir kam, war allerdings ungeheuerlich.

»Du denkst, der Khabir führt die Kaffilah in die Irre?«

»So ist es, Sihdi. Ein Khabir kann sich um einige Fußbreit des Schattens irren, doch er kann nicht das Bab-el-Ghud mit dem Safileh verwechseln. Wenn er etwas nicht genau weiß, so hat er seinen Schech el Djemali (Obersten der Kameltreiber), den er fragen kann. Sieh diese Darb, Sihdi; die Djemmels sind nicht gegangen, sondern sie haben sich nur noch geschleppt. Liegt hier nicht ein leerer Schlauch, der hart ist wie Holz? Die Kaffilah hat kein Wasser mehr. Der Khabir führt sie dem Hedjahn-Bei entgegen, und sie wird untergehen, wenn wir ihr nicht Hilfe bringen.«

»Dann vorwärts, ihr Leute, daß wir sie erreichen!«

Ich wollte forteilen, doch der Tebu ergriff das Halfter meines Kameles.

»Rabbena chaliëk, Gott erhalte dich, Sihdi, denn du gehst einer großen Gefahr entgegen, die du dir nicht mit den Augen deines Geistes angeschaut hast. Was wirst du dem Khabir sagen, wenn er dich fragt, was du im Sandmeer thust?«

»Ich werde ihm sagen, daß ich von Sehliet komme, um nach Dongola zu reisen, und mich verirrt habe. Oder ich werde ihm auch nichts sagen, wenn es mir beliebt. Die Gefahr, in welche mich dieser Khabir bringt, ist nicht so groß wie ein Nagel an der Sohle meines Schuhes; wenn ich auf ihn trete, muß er gehorchen. Hhein!«

Josef und Hassan hatten nicht so schnelle Tiere wie der Tebu und ich; ich bedeutete sie daher, uns langsamer zu folgen, während wir im raschen Trott vorausritten.

Die Kaffilah vor uns mußte wirklich sehr notleiden, denn hier und da fanden wir einen Gegenstand, welcher vor Müdigkeit oder aus Verzweiflung weggeworfen worden war. Die Eindrücke zeigten, daß die Bewegungen der Tiere immer müder und langsamer geworden waren, und besonders die Pferde schienen dem Umsinken nahe, denn sie hatten sehr oft gestolpert.

Da endlich sahen wir vor uns zwischen den Dünen einige weiße Kapuzen zum Vorschein kommen, und bald befanden wir uns bei den hinteren Reitern der Karawane, deren Tiere die müdesten waren und den andern nur sehr schwer zu folgen vermochten. Sie sahen bei unserm rüstigen Erscheinen freudig erstaunt auf und erwiderten mit neu erwachender Lebhaftigkeit unsern Gruß.

»Wer ist der Khabir dieser Kaffilah?« fragte ich.

»Gieb uns zu trinken, Sihdi!« war die Antwort.

Ich hatte einen meiner großen Schläuche mit vorangenommen und reichte ihnen den verlangten Trunk. Augenblicklich hatte ich beinahe die ganze Kaffilah um mich versammelt, und alles begehrte Wasser. Nur zwei schlossen sich von dieser Bitte aus, ein Tuareg, welcher ein ausgezeichnetes Bischarinhedjihn ritt, und ein Beduine, welcher zu Fuße an der Spitze des Zuges gegangen war; ich vermutete in ihm den Schech el Djemali. Beide beobachteten mich mit halb erstaunten, halb finsteren Blicken.

Ich gab jedem nur so viel zu trinken, daß mein Schlauch für alle reichte, und wiederholte sodann meine Frage: »Welcher unter euch ist der Khabir?«

Der Mann auf dem Bischarin kam herbei.

»Ich bin es. Was willst du?«

»Einen Gruß von dir. Hast du nicht vernommen, daß mein Mund die ganze Kaffilah grüßte und meine Hand jeden tränkte, der des Wassers bedurfte? Seit wann sind die Lippen des Gläubigen verschlossen, wenn ihm der Wanderer Heil und Frieden bietet?«

Der Tebu sah mich erstaunt an; er war tapfer, aber in diesem Tone hätte er vielleicht doch nicht mit dem Tuareg gesprochen. Die Augen des Khabir wurden noch größer als diejenigen des Tebu.

»Sal - aaleik« - grüßte er kurz, grad wie der Bote, welchen der Karawanenwürger nach Algier geschickt hatte. »Wie viele Leben hast du, daß deine Zunge solche Worte spricht?« fügte er stolz hinzu.

»Sal - aal - - Nur ein einziges, grad wie du, doch scheint es mir lieber zu sein, als dir das deinige.«

»Warum?« brauste er auf.

Ich mußte einlenken. »Weil du dich in dieser Wüste verirrest und verschmachten wirst, wenn du den rechten Weg nicht wiederfindest.«

»Ich verirre mich nie,« entgegnete er, indem er eine ernste Besorgnis nicht verbergen konnte. Er mußte natürlich annehmen, daß ich jetzt sagen würde, daß sich die Karawane in einer falschen Richtung befinde. »Allah gab trockene Luft, daß unser Wasser auf die Neige ging; er wird uns morgen an einen Brunnen führen.«

»Wohin geht diese Kaffilah?«

»Mußt du es wissen?«

»Hast du Grund, es zu verschweigen?«

»Sie geht nach Safileh.«

Ich nickte wie einverstanden mit dem Kopfe. »Auch ich will nach Safileh. Erlaubst du mir, mit euch zu ziehen?«

Er atmete beruhigt auf, obgleich ich es ihm ansah, daß er nicht wußte, wie er sich mein Verschweigen seines Verrates deuten sollte.

»Wie ist dein Name, und zu welchem Stamme gehörest du?«

»Ich bin ein Franke, dessen Namen deine Zunge nicht auszusprechen vermag.«

»Ein Franke bist du, ein Christ?« fragte er. Und sich zu den andern wendend, setzte er hinzu: »Ihr habt von einem Giaur euch Wasser reichen lassen!«

Sie wichen von mir zurück; ich aber drängte mein Kamel so hart an das seinige, daß er nach seinem Messer griff, und sagte: »Vergiß dieses Wort nicht, Khabir, denn du wirst es sühnen müssen!«

Seit meines offenen Geständnisses, daß ich ein Ungläubiger sei, wußte er sich sicher. Ich hätte ihn immerhin verdächtigen können, die fanatischen Muselmänner, aus denen die Karawane bestand, hätten mir doch keinen Glauben geschenkt. Jetzt ließ er auch den Grund vernehmen, dessentwegen er mich bei meinem Erscheinen so erstaunt und finster, so argwöhnisch gemustert hatte.

»Von wem hast du dieses Bischarin? Ein Moslem verkauft ein solches Tier nicht an einen Ungläubigen.«

»Ich erhielt es zum Geschenk von einem Gläubigen, den ich aus dem Rachen des Löwen errettete.«

»Du lügst! Ein Giaur fürchtet den Herrn des Erdbebens, und der, welchem dieses Bischarinhedjihn gehörte, kommt nicht unter die Tatzen des Löwen.«

Ich griff nach meiner Kamelpeitsche.

»Höre, Ben Kelb, du Hundesohn! Sagst du noch einmal, daß ich lüge, so gebe ich dir diese Peitsche in das Gesicht, und du weißt, daß der Koran sagt, Mikäil, Dschebrail, Issrafil und Asrail, die vier Erzengel, lassen keinen Gläubigen in das Paradies, der von einem Christen geschlagen wurde.«

Das war die allerärgste Beleidigung, welche ihm widerfahren konnte. Die abgematteten Reiter, welche ich soeben erst getränkt hatte, drängten sich drohend um mich, und der Khabir griff zur Pistole, welche er aus seinem Gürtel zog.

»Steige vom Dschemmel, Giaur, denn ehe du die Seele deinem Gott befehlen kannst, wird dich der Scheitan durch die Lüfte führen!«

Er spannte den Hahn. Der wackere Tebu hielt hart an meiner Seite und griff zur Lanze, um mich zu verteidigen.

Jetzt konnte ich die Macht der Anaïa, welche ich am Birket el fehlate erhalten hatte, erproben. Der Khabir kannte mein Bischarin, er mußte auch den kennen, von dem ich es erhalten hatte. Uebrigens bemerkte ich sowohl bei ihm als auch bei dem Schech el Djemali die verräterischen Buchstaben A. L., welche mir das übrige erklärten.

Ich zog das Korallenstück hervor und hielt es ihm entgegen.

»Stecke deine Waffe ein, sonst bekommt der Scheitan deine Seele, aber nicht die meinige! Wirst du gehorchen oder nicht?«

Ich sah, wie er erschrak.

»Allah akbar, Gott ist groß, Sihdi, und du stehst unter einem Schutze, der stärker ist, als selbst die Macht des Teufels. Ich sehe, daß du die Wahrheit sagst: Du hast einen

Gläubigen aus dem Rachen des Löwen errettet und dafür sein Hedjihn bekommen. Ziehe mit uns, so weit du willst!«

Das war es, was ich wünschte. Diese Erlaubnis machte mich zum Mitgliede der Kaffilah und gab mir das Recht, für das Wohl derselben gegen den Khabir zu sprechen und zu handeln.

»So zieh weiter; meine Diener werden uns erreichen!«

»Wie viele Diener hast du bei dir, Sihdi?« fragte er, wieder mißtrauisch.

»Zwei außer diesem. Sie waren dabei, als ich den Herrn des Erdbebens tötete. Wenn sie kommen, kannst du seine Haut sehen und auch die Felle der Panther, welche meine Kugel traf.«

»Was thust du in der Wüste?«

»Ich will Assad-Bei töten und auch noch mit anderen Beis sprechen.«

Er war befriedigt und winkte zur weiteren Fortsetzung des Rittes.

Ich hielt mich mit dem Tebu am Ende des langsam dahinschleichenden Zuges.

»Allah kerihm, Gott ist gnädig, Sihdi, er schützt die Gläubigen. Du aber bist ein Christ und wagst dein Leben, obgleich dir Allah keine Hilfe giebt.«

»Allah ist nicht mächtiger als mein Gott, der im Himmel wohnet; er hat alle Macht, und wir sind seine Kinder.«

»Aber kein Ben Arab hätte mit dem Khabir deine Worte gesprochen. Der Engel des Todes schwebte über deinem Haupte. Du bist stark und kühn, wie Sihdi Emir, der Behluwan-Bei.«

»Ein mutiger Finger ist besser als zwei Hände voll Waffen; auch du bist wacker und treu; ich werde Sihdi Emir davon erzählen. Werden wir im Bab-el-Ghud Wasser finden?«

»Es giebt dort zwei verborgene Quellen, aus denen zehn Kamele trinken können.«

»So kann sich die Kaffilah halten, bis ihr Hilfe wird, wenn sie nicht der Hedjahn-Bei vernichtet.«

»Was wirst du thun, um sie zu erretten?«

»Ich muß erst meine Seele fragen. Sihdi Emir ist am Bab-el-Ghud?«

»Er wartet dort, doch er weiß nicht, wann du kommst; er kann für kurze Zeit gewichen sein.«

»Wird die Kaffilah das Dünenthor erreichen?«

»Nein. Der Khabir wird sie zur Seite in die Dünen führen, wo sie überfallen wird.«

Auch ich stimmte aus gewichtigen Gründen dieser Vermutung bei und sann über die sicherste Weise nach, die Karawane zu erretten und zugleich den Räuber in meine Hand zu bekommen. ich hätte einfach den Khabir und den Schech el Djemali niederschießen können; das aber wäre, so lange ich nicht zweifellos beweisen konnte, daß er mit dem Hedjahn-Bei verbündet sei, den Arabern gegenüber für mich gefährlich gewesen und hätte mich doch nicht zum rechten Ziele geführt. Ich mußte den Bei fangen, um Rénald Latréaumont zu befreien, und, ehe ich ungezwungen einen entscheidenden Schritt that, danach trachten, mit Emery zusammenzutreffen.

Unterdessen holten uns Josef und Hassan ein. Ich wies sie an, einen Wasserschlauch für uns zu verbergen und den übrigen Vorrat an die Kaffilah zu verteilen. Der große Hassan hatte sich bald mit den Gliedern derselben in ein gutes Einvernehmen gesetzt, rühmte sich und seinen Namen und ließ auch, wie ich bemerkte, nichts unversucht, mich in den gehörigen Respekt zu bringen. Korndörfer dagegen hielt sich zu mir und dem Tebu.

Da hielt der Führer sein Tier an und ließ den Zug an sich vorüberpassieren, bis ich bei ihm angelangt war.

»Kennst du den Namen dessen, der dir dein Djemmel schenkte, Sihdi?« fragte er, mit mir allein hinter den übrigen zurückbleibend.

»Der Christ hilft seinem Nächsten, ohne nach dem Namen zu fragen.«

»So weißt du auch nicht, was er ist?«

»Ich weiß es.«

»Sage es!«

»Er ist, was du bist.«

»Und du auch, Sihdi. Du hast seine Anaïa und mußt für seinen Schutz thun, was er befiehlt. Kennst du den Pfad, den ich euch führe?«

Der Mann sprach hier eine Meinung aus, welche mit meiner Ansicht allerdings nicht sehr harmonierte. Für die Anaïa des Hedjahn-Bei mußte ich sein Mitschuldiger sein? Dazu hatte grad ich die allerwenigste Lust. »Du hast seine Anaïa,« hatte er gesagt. Sollte dieses »seine« vielleicht bedeuten, daß der, von welchem ich sie bekommen hatte, der Bei selbst sei? Dann hätte ich mir allerdings einen ausgezeichneten Fang entgehen lassen. Erst jetzt leuchtete mir diese Möglichkeit ein, denn ein untergeordneter Räuber war wohl schwerlich berechtigt, die Andia zu vergeben, und hatte wohl auch nicht die Mittel, ein kostbares Bischarinhedjihn zu verschenken. Ich mußte den Khabir ausforschen.

»Ich kenne ihn. Er geht nicht nach Safileh, sondern in das Bab-el-Ghud.«

»Wir werden das Bab nicht erreichen, sondern heute, wenn die Sonne sinkt, im Sandmeer lagern. Dann kommt der Bei.«

»Der Bei? Wartet er nicht im fernen Duar, wo er unter dem Herrn mit dem dicken Kopfe lag?«

»Hat er dir nicht gesagt, daß es zwei Hedjahn-Bei giebt, Sihdi, die Brüder sind?«

Das also war das Geheimnis, daß der Räuber mit solcher Schnelligkeit an verschiedenen Gegenden auftauchen konnte! Ich hatte den einen Bruder in meiner Macht gehabt und ihn mir wieder entgehen lassen; den andern mußte ich desto sicherer zwischen die Hände nehmen.

»Wir hatten keine Zeit zu vielen Worten,« antwortete ich. »Weiß der Bei, wo er die Kaffilah trifft?«

»Er wartet auf sie schon mehrere Tage. Wenn alles schläft, wird er kommen, um mit mir zu reden, damit ich ihm sage, wie viele Männer die Kaffilah zählt. Die Gum ist stark, Sihdi, und sie wird keinen Widerstand finden. Doch es kann ein Feind kommen, der größer ist, als alle andere Gefahr; wirst du uns auch gegen ihn deinen Arm leihen?«

»Mein Arm gehört meinen Freunden zu aller Zeit,« antwortete ich zweideutig. »Wer ist dieser schlimme Feind?«

»Der Behluwan-Bei. Hast du von ihm gehört, Sihdi?«

»Wer ist er?«

»Niemand weiß es. Reite durch die Serir, durch das Belad-el-Ghud, das Land der Dünen, durch die Sahel, und du wirst die Gebeine der Unseren finden, die seine Kugel traf. Er ist an jedem Orte, und doch sieht ihn niemand; sein Djemmel hat acht Füße und vier Flügel; es ist schnell wie der Blitz und läßt keine Spur zurück; er braucht weder Speise noch Trank und ist dennoch ein Riese, dessen Leib so hoch ist, wie drei Männer. Er ist der Scheitan, er ist Eblis, der widerspenstige Engel, der sich nicht vor Adam niederwerfen wollte und nun auf der Erde weilt, um die Seelen der Gläubigen zu morden.«

Es war spaßhaft, mit welchen Eigenschaften der Aberglaube und das böse Gewissen dieser Araber den guten »Englishman« ausstaffierten, doch hütete ich mich sehr, die Meinung des Khabir zu bekämpfen. Behluwan-Bei, der »Oberste der Helden«, war ein Name, welcher zur Genüge sagte, in welchen Respekt sich Emery bei den Bewohnern der Wüste gesetzt hatte.

»Denkst du, daß er kommt?« fragte ich.

»Ich weiß es nicht; er naht, wenn seine Kugel fertig ist, die in der Dschehenna gegossen wird. Er kennt jedes Tier und jeden Mann der Gum, er weiß alle unsere Brunnen und Halteplätze; nur auf El Kasr (dem Schloß) war er noch nicht, weil es ein frommer Marabut gefeit hat gegen alle bösen Geister.«

Das war mir eine höchst wertvolle Mitteilung; die Andia that eine größere Wirkung, als ich jemals hatte erwarten können. Im Vertrauen auf sie ließ sich der unvorsichtige Khabir zu Enthüllungen hinreißen, welche seinem Gebieter mehr als gefährlich waren.

Die alten Römer drangen weiter in die Sahara vor, als man gewöhnlich anzunehmen pflegt, und zur Zeit, in welcher die kriegerischen Horden der Khalifen über die Landenge von Suez stürmten, ergoß sich eine wahre Völkerwanderung über die Wüste. In jenen alten und mittelalterlichen

Zeiten wurde in stiller Uah oder im einsamen, sichern Warr manches Bauwerk errichtet und später wieder verlassen, so daß es nun vom Flugsande bedeckt wird oder in Trümmern liegt, die immerhin noch geeignet sind, dem räuberischen Gesindel der Wüste als Versteck zu dienen. Ich hatte schon mehrere solche Kasr oder Ksur gesehen und dabei stets gefunden, daß zwischen ihren Mauern oder doch in ihrer Nähe ein Brunnen oder sonstiges Wasser war.

Besaß die Gum hier einen solchen Zufluchtsort, so war derselbe wohl schwerlich im Bahr-el-Ghud, sondern jedenfalls im Serir zu suchen, und es ließ sich beinahe mit Gewißheit erwarten, daß sich nirgends anders als dort der gefangene Rénald Latréaumont befand.

»Ich werde bei dem Bei im Kasr sein,« meinte ich daher. »Wie lange braucht ein Hedjihn, um es zu erreichen?«

»Wenn du am Bab-el-Hadjar, am Thor der Steine, stehst, Sihdi, und du reitest grad in der Richtung deines Schattens, wenn er gegen Aufgang zweimal so lang ist wie der Lauf deines Gewehres, so kommst du am Abend des andern Tages an den Dschebel(Berg)-Serir, der die Mauern unsers Kasr trägt.«

Ich wollte weiter fragen, doch wurde seine Gegenwart bei der Kaffilah erforderlich, wo Hassan der Große ein ganz bedeutendes Unheil angerichtet hatte. Trotz meines Befehles nämlich, die Leute über die Richtung ihres Weges bis auf weiteres im unklaren zu lassen, hatte er geplaudert und sich mit dem Schech el Djemali in einen Streit eingelassen, zu dessen Schlichtung der Khabir herbeigerufen wurde.

»Hast du nicht gesagt, daß du zu den Kubabisch gehörst?« verteidigte sich der Oberste der Kameltreiber. »Diese haben ihre Duars in Kordofan. Wie willst du den Weg nach Safileh besser kennen, als ein Tuareg, der ihn hundertmal geritten ist? Kubabisch heißt Schafhirten; sie hüten ihre Schafe, sie reden mit ihren Schafen und sie essen ihre Schafe, ja, sie kleiden sich sogar in das Fell und in die Wolle ihrer Schafe; darum sind sie selbst Schafe geworden, die keine verständige Seele haben, sondern Unsinn blöken, wie die Schafe. Halte den Mund, Kubaschi, und schäme dich!«

Schon öffnete Hassan den Mund zu einer geharnischten Gegenrede, als ein Ereignis eintrat, welches ihn verstummen ließ und die Aufmerksamkeit aller, ganz besonders aber die meinige, in Anspruch nahm.

Es kamen nämlich im raschesten Laufe vier Reiter hinter uns her, welche beim Anblick der stehenden Karawane einen Augenblick beobachtend anhielten, dann aber vollends herbeigeritten kamen. Sie saßen auf Bischarinhedjihns, und ich erkannte – den Uëlad Sliman, welcher mir sein Djemmel geschenkt hatte, und den Boten, welcher in Algier von uns gefangen genommen worden war. Diesem mußte es auf irgend eine Weise gelungen sein, seine Freiheit zu erlangen; er war in das Duar am Auresgebirge zurückgekehrt, und der eine der Räuberbrüder hatte sich sofort mit den Seinen in Eile auf den Weg gemacht, den Mißerfolg der Sendung zu berichten. Vielleicht kannten sie den Zweck meiner Reise, aber selbst wenn dies nicht der Fall war, schwebte ich jetzt in einer offenbaren Gefahr, und ich winkte daher Josef und den Tebu an meine Seite.

»Sallam aaleikum,« grüßte der Uëlad Sliman laut, indem er mich und Josef nicht bemerkte, da wir hinter den andern hielten. »Wer ist der Khabir dieser Kaffilah?«

»Ich,« antwortete der Tuareg mit einem verschmitzten Blinzeln seiner Augen.

»Wohin geht euer Weg?«

»Nach Safileh.«

»Bismillah, das ist gut. Auch ich will nach Safileh; ich werde mit euch reiten!«

Da gab es weder Anfrage noch Bitte; der Mann machte kurzen Prozeß; er behandelte die Karawane bereits als sein Eigentum.

Da erblickte er den großen Hassan, der über alle andern um eines Kopfes Länge emporragte. Sofort ritt er auf ihn zu.

»Du warst bei dem Franken, welcher den Löwen tötete?«

»Ja.«

»Wo ist dein Herr?«

»Dort!« antwortete der Kubaschi, auf mich deutend.

Das Auge des Beis traf mich und wandte sich dann zu dem Boten.

»War es dieser?«

»Ja; er schlug mich nieder.«

Jetzt lenkte er, gefolgt von den drei andern, sein Tier zu mir heran; auch der Führer und der Schech el Djemali kamen herbei. Ich hatte sechs wohlbewaffnete Leute gegen mich, von den Männern der Kaffilah ganz abgesehen. Korndörfer hatte die Büchse gefaßt; der Tebu hielt seinen aus biegsamem Bassamholz gefertigten Wurfspeer in der Faust, und ich zog mit der Linken den Revolver unter dem weiten Burnus aus dem Gürtel, während ich in der Rechten die Kamelpeitsche behielt, damit es den Anschein hatte, als sei ich auf eine augenblickliche Verteidigung nicht vorbereitet.

»Du kennst mich?« fragte er ohne Gruß, indem sein stechendes Auge drohend das meine suchte.

»Ich kenne dich,« antwortete ich ruhig und kalt.

»Du hast meine Anaïa?«

»Ja.«

»Gieb sie mir wieder!«

»Hier!«

Ich warf ihm das Korallenstück hinüber; er fing es auf und steckte es zu sich.

»Du hast mich vom Löwen errettet, und ich gab dir mein bestes Hedjihn; wir sind quitt!«

»Gut! Dein Leben hat keinen höhern Wert als den eines Kameles. Du hast recht gesagt; wir sind quitt!«

Sein Auge blitzte auf.

»Kennst du diesen Mann?«

»Ich kenne ihn.«

»Du hast ihn geschlagen, daß er seinen Geist verlor. Er war ein Bote, und ihr habt ihn gefangen genommen. Ein Giaur, der einen Gläubigen schlägt, verliert seine rechte Hand, sagt der Kuran; du wirst deine Strafe leiden!«

»Und wer Menschenblut vergießt, deß Blut soll wieder vergossen werden, sagt die Bibel, das heilige Buch der Christen. Du wirst deine Strafe leiden, Hedjahn-Bei!«

Bei diesem letzteren Worte war es, als habe der Blitz mitten unter die Männer der Kaffilah hineingeschlagen. Sie waren von Anstrengung und Entbehrung entkräftet und entmutigt; Hunger und Durst wühlten in ihren Eingeweiden; sie konnten der Gum unmöglich widerstehen, wenn der Schreck sie schon bei Nennung dieses einen Namens beinahe vom Pferde und Kamele stürzte.

Der Uëlad Sliman war auch überrascht; er konnte von der Plauderhaftigkeit des Khabir nichts wissen; doch sah er die Wirkung seines Namens, sah fünf mutige Männer bei sich und wußte auf jeden Fall seinen Bruder mit der Gum in der Nähe; dies gab ihm die Kühnheit, sich ohne Leugnen zu dem Namen, den ich genannt hatte, zu bekennen.

»Allah kerihm, Gott ist gnädig, und ich bin der Hedjahn-Bei. Diese Kaffilah wird morgen wohlbehalten in Safileh sein, wenn sie mir den Franken mit seinen Dienern ausliefert. Steige herab vom Djemmel, Giaur, und küsse mir die Schuhe!«

Sämtliche Araber wichen von uns zurück, so groß war die Furcht vor diesem Manne.

»Du wirst die Kaffilah dennoch töten,« entgegnete ich ruhig. »Dieser Khabir ist ein Verräter; er hat sie nach dem Babel-Ghud geführt, wo die Gum heute in der Nacht über sie herfallen wird.«

»Du lügst!« donnerte er.

»Mensch, wage es nicht noch einmal, mich, einen Christen, einen Lügner zu nennen, sonst —«

»Agreb, Skorpion, deine Zunge ist Gift,« unterbrach er mich mit doppelt verstärkter Stimme. »Du lügst!«

Mein Kamel hielt hart an dem seinen. Kaum hatte er das letzte Wort ausgesprochen, so sauste meine aus Rhinozeroshaut gefertigte Kamelpeitsche durch die Luft und strich ihm lautschallend über das Gesicht, daß ihm das Blut aus Nase, Mund und Wangen spritzte.

Der entsprungene Bote, welcher neben ihm hielt, legte in demselben Augenblick das Gewehr auf mich an, doch ich kam ihm zuvor: den Revolver zu seiner Stirn erhebend, drückte ich los.

»Kennst du diesen Schuß, eine Mandel hoch über der Nasenwurzel, Karawanenwürger? Du bist der Bruder des Hedjahn-Bei, und ich bin der Bruder des Behluwan-Bei. Fahre zur Dschehenna und melde dem Scheitan, daß die Gum nachfolgen wird!«

Mein zweiter Schuß traf ihn an derselben Stelle in die Stirne; den dritten riß die Kugel Korndörfers vom Kamele, und dem vierten fuhr der Speer des Tebu in die Brust.

Das war das Werk kaum zweier Sekunden, so daß die beiden übrigen, der Khabir und der Schech el Djemali, gar nicht dazu gekommen waren, ihre Waffen zu gebrauchen. Ich hielt ihnen den Revolver entgegen.

»Gebt eure Waffen ab, sonst, das schwöre ich euch beim Barte eures Propheten, frißt euch die Kugel des Behluwan-Bei!«

Ein Wink an den Staffelsteiner genügte; er trat zu ihnen und entwaffnete sie.

»Binde sie, daß sie nicht fliehen!«

Er that es, und sie ließen es ruhig geschehen. Der »Behluwan-Bei« hatte auf sie dieselbe niederschmetternde Wirkung hervorgebracht, wie auf die Männer der Kaffilah der »Hedjahn-Bei«. Jetzt konnte ich mein Verhör beginnen.

»Steigt ab von den Tieren, ihr Männer, und hört zu, wie ein Franke Gericht hält über die Räuber und Verräter der Wüste!«

Sie folgten meinem Gebote und schlossen einen Kreis um die beiden Inkulpaten und mich. Bisher hatte sich Hassan el Kebihr hinter den andern versteckt gehalten, jetzt aber war ihm der Mut zurückgekehrt. Er zog seinen langen Sarras, der aus Methusalems Waffenkabinett zu stammen schien, stellte sich mit der abschreckendsten Cerberusmiene, die es geben kann, vor die Gefangenen hin und ermahnte sie mit donnerndem Basse: »Hört meine Worte, und vernehmt meine Stimme, ihr Räuber, ihr Mörder, ihr Schurken, ihr Schufte, ihr Gesindel, ihr Söhne vom Gesindel, ihr Abkommen und Väter des Gesindels! Ich bin ein Kubaschi vom berühmten Ferkah en Nurab, und mein Name lautet Hassan-Ben-Abulfeda-Ibn-Haukal al Wardi-Yussuf-Ibn-Abul-Foslan-Ben-

Ishak al Duli. Die Kinder der Tapfern nennen mich Djezzar-Bei, den Menschenwürger, und ich werde euch erdrosseln und zermalmen, wenn ihr nur das Geringste thut, was mir nicht gefällt. Allah hat euch in meine Hand gegeben, und ich werde euch richten lassen durch diesen Sihdi aus Germanistan, welcher den Herrn des Erdbebens und den schwarzen Panther mit seiner Frau getötet hat. Oeffnet euren Mund, und redet die Wahrheit, sonst werdet ihr von meinem Zorne zerschmettert und von meinem Grimme vernichtet, denn ich bin Hassan el Kebihr!«

»Wir haben kein Unrecht begangen,« behauptete der Khabir, »und lassen uns von keinem Ungläubigen richten. Habt ihr eine Klage, so stellt uns vor einen Kadi und seinen Adul[40]; ihm werden wir antworten, aber nicht euch.«

»Du wirst mir antworten,« entschied ich, »sonst öffnet dir meine Peitsche den Mund.«

»Du darfst keinen Gläubigen schlagen!«

»Wer will es mir wehren? Hat nicht meine Peitsche sogar den Karawanenwürger getroffen?«

»Diese Männer werden es nicht dulden. Sie sind Moslemin.«

»Sie sind Moslemin und kennen das Gesetz, welches sagt: ›Blut um Blut‹. Du wolltest sie in den Tod führen; dein Leben gehört ihnen.«

»Ich habe sie den rechten Weg geführt. Sagte nicht auch der Hedjahn-Bei, daß wir morgen in Safileh sein werden?«

»Sagtest du mir nicht selbst, daß heute, wenn alles schläft, die Gum kommen werde?«

»Ich habe nichts gesagt. Du bist ein Ungläubiger und willst uns verderben.«

»Lüge nicht, Khabir! Der Tod streckt seine Hand aus nach dir, und dein Prophet spricht: ›Redetest du nie die Wahrheit, so rede sie, wenn du stirbst, damit Allah dich ohne Flecken sieht!‹ Wir sind beim Bab-el-Ghud, und Safileh liegt gegen Mitternacht von hier. Du hast gehört, daß ich der Bruder des Behluwan-Bei bin, der mächtiger ist als die Gum. Er hat ei-

---

[40] Beisitzer

nen Geist bei sich und ich auch, der uns alles sagt, was wir wissen wollen. Hier, sieh ihn an! In diesem kleinen Häuschen ist seine Wohnung, und ich werde ihn fragen: Wo liegt Safileh?«

Ich zog den Kompaß hervor. Der Araber ist außerordentlich abergläubisch, und ich wußte, daß das unbekannte Instrumentchen eine größere Wirkung hervorbringen werde, als alles Ermahnen und Drohen.

»Siehst du, wie er nach Mitternacht zeigt? Seht es auch, ihr Männer! Ich kann seine Wohnung nach allen Richtungen drehen, er zeigt euch immer ganz denselben Weg.«

Der Kompaß wurde mit staunender, ehrfurchtsvoller Scheu betrachtet, und selbst der lange Hassan, der ihn noch nicht beachtet hatte, konnte seine Bewunderung nicht verbergen.

»Sihdi, du bist ein großer Zauberer! Dir kann niemand widerstehen!« meinte er.

»Hast du diesen Geist schon bei einem Gläubigen gesehen, Khabir? Die Christen sind weiser und mächtiger als die Moslemin, und wenn du nicht gehorchest, so werde ich dir auch deinen Geist aus dem Leibe ziehen und ihn noch viel enger einsperren als diesen hier, der einst auch ein verräterischer Khabir war und nun gefangen bleibt in alle Ewigkeit, um dem Wanderer den Weg zu zeigen.«

»Frage, Sihdi; ich werde die Wahrheit sagen!« gelobte voll Angst der durch diese Drohung, über welche der beschränkteste Europäer gelacht haben würde, eingeschüchterte Muselmann.

»Du gestehst, daß du mit dem Schech el Djemali zu den Leuten des Hedjahn-Bei gehörst?«

»Ja.«

»Die Gum sollte heute diese Kaffilah überfallen?«

»Ja.«

»Dabei sollten alle Männer getötet werden?«

»Ja,« antwortete er zögernd.

»Wie stark ist sie?«

»Ich weiß es nicht, Sihdi, ob alle Djemalan beisammen sind. Die Gum hat an jedem andern Orte andere Leute.«

Das war ein weiterer Beitrag zur Lösung des Rätsels von der schnellen Beweglichkeit der Raubkarawane. Der Hedjahn-Bei ritt allein von Ort zu Ort und fand überall zum Raub gerüstete Leute, und da es zwei Brüder waren, so konnte es allerdings scheinen, als ob der gefürchtete Räuber mit den Seinen allgegenwärtig sei.

»Kennst du den jungen Franken, welchen der Bei gefangen hält?«

»Ja. Er ist auf El Kasr.«

»Wie viele Eingänge hat das Schloß?«

»Einen durch das Thor, Sihdi, und eine unterirdische Treppe, die nach dem Schott hinabführt.«

»Wo wartet die Gum auf die Kaffilah?«

»Wenn du jetzt gegen Aufgang reitest, so erreichst du sie, wenn dein Schatten zweimal und noch die Hälfte so lang ist, wie du selbst.«

»Der Bei wollte kommen, um vor dem Ueberfall mit dir zu sprechen. Wo sollst du ihn treffen?«

»Er wird die Kaffilah kommen sehen und ihren Lagerplatz kennen. Wenn alles schläft, wird die Hyäne rufen, so daß ich weiß, wo er steht.«

»Ist dies die erste Karawane, die du in das Verderben führest?«

Er schwieg.

»Du bist ein großer Sünder, Khabir, doch sollst du nicht getötet werden, wenn du mir gehorchest und mich zum Schlosse führst.«

»Rhemallah, das verhüte Gott!« rief da der Tebu. »Hast du meine Söhne gesehen, Sihdi, und die Thränen meines Auges? Hast du gefühlt den Gram meines Herzens und gehört die Schwüre meiner Seele? Ich habe gelobt bei den acht Himmeln Allahs und den sieben Höllen des Teufels, bei dem Munde Ozairs (Esra) und dem Haupte von Seydna Yaya (hl. Johannes), daß jeder Mann sterben soll, der mit dem Mörder ist. Ed dem Wed dem - en nefs b'en nefs, Blut um Blut, Leben um Leben! Giebst du mir diese Männer, Sihdi?«

»Ihr Leben gehört nicht mir; ich kann es nicht verschenken.«

»Wohlan, so gehört es mir!«

Ehe ich es hindern konnte, fuhr seine Lanze dem Khabir in die Brust, und im nächsten Augenblick hatte er die Kehle des Schech el Djemali durchschnitten.

»Hamdulillah, Preis sei Gott, der da gerecht richtet im Himmel und auf Erden,« jubelte er. »Meine Rache wird fressen unter den Mördern, bis die Gum in der Dschehenna wohnt!«

Ich konnte mit ihm nicht rechten, obgleich mir die beiden Toten sicher von Nutzen gewesen wären. Die Strafe, welche sie so schnell ereilt hatte, war jedenfalls eine wohlverdiente, wenn man an die Opfer dachte, welche sie dem Hedjahn-Bei an das Messer geliefert hatten.

»Weißt du nicht, Abu billa Beni, daß der Prophet sagt: ›Deine That sei schnell, aber dein Gedanke langsam vorher?‹ Diese Verräter waren uns nötig, um die Gum zu fangen; jetzt aber schweigt ihr Mund, und ihr Fuß kann uns nicht zu den Räubern führen.«

Schon befand sich alles, was die Toten getragen hatten, in den Händen der Araber. Der Uëlad Sliman hatte noch einen ziemlichen Vorrat von Wasser und Proviant bei sich geführt; ich ließ beides verteilen und nahm die Bischarinhedjihn der Gefallenen als Beute für mich in Beschlag.

Die Kaffilah hielten leise beratend bei einander; dann trat einer von ihnen zu mir.

»Sei unser Khabir, Sihdi! Du hast einen Geist, der uns nach Safileh bringen wird.«

»Wollt ihr diesem Geiste gehorchen?«

»Ja. Sage uns seine Befehle!«

»Ihr werdet nicht nach Safileh kommen, wenn ihr die Gum hinter euch laßt; sie wird euch verfolgen und vernichten. Doch wenn ihr tapfere Uëlad Arab seid, so werden wir die Räuber töten, und der Pilger kann fortan in Frieden durch die Wüste ziehen.«

»Wir sind tapfer, Sihdi, und haben keine Furcht, doch die Gum hat mehr Männer, als wir sind, und wird uns besiegen.«

Ich mußte ihnen Mut machen.

»Mein Geist sagt mir, daß sie uns nicht besiegen wird. Ich bin der Bruder des Behluwan-Bei, der am Bab-el-Ghud auf uns wartet; er wirft die Räuber nieder wie dürren Weizen. Seht hier: diese zwei Revolver, von denen ihr noch niemals gehört habt, fressen zwölf Männer auf; diese Büchse sendet zwei von ihnen zum Scheitan, und dieser Henrystutzen, dessen Namen noch kein einziges Mal an euer Ohr gedrungen ist, kostet zweimal zehn und noch fünf Diemalan das Leben. Soll ich euer Khabir sein, so sagt es schnell, sonst suche ich mit meinen Dienern die Gum allein auf und lasse euch hier in der Wüste halten.«

»Wir wollen dir gehorchen, Sihdi!«

»Ja, wir wollen dir gehorchen, Sihdi,« stimmte der große Hassan begeistert ein. »Du bist der Weiseste der Weisen, der Klügste der Klugen und der Held aller Helden. Seht her, ihr Männer, ich bin Djezzar-Bei, der Menschenwürger. Dieser Säbel wird zehn Räubern den Bauch aufschlitzen, diese Tschembea[41] wird zwanzig Mördern die Kehle zerschneiden, und diese Flinte, diese Lanze und diese Pistolen werden alles vernichten, was dann noch übrig ist. Für euch wird nichts übrig bleiben, als unsere Tapferkeit zu rühmen und unsere Heldenthaten zu besingen, und wenn ihr zurückgekehrt seid zu euren Söhnen und Töchtern, so werden eure Zelte erklingen von dem Lobe Hassan el Kebihrs und des großen Sihdi aus Germanistan, der Areth, den Herrn des Erdbebens, tötet, und den schwarzen Panther mit seiner Frau verschlungen hat!«

»Maschallah, tausend Schwerebrett, hat der aan Maul!« meinte der Staffelsteiner ärgerlich. »Wenn's losgeht, wird der große Hassan so klein geworden sein, daß man ihn halt gar nit zu seh'n vermag!«

Die Sonne hatte bereits das dritte Viertel ihres Bogens vollendet; ich mahnte zum Aufbruche. Die Leichen blieben in ihrer gegenwärtigen Stellung liegen; die Totengräber der Wüste, Sand- und Bartgeier, überhoben uns der Arbeit. Ich wußte, daß ich mich nur wenig auf die Araber verlassen

---

[41] Dolch

konnte, doch schien es mir, als sei die Gefahr, welcher ich entgegenging, nicht größer als so manche andere, die ich glücklich bestanden hatte. Der Hedjahn-Bei war mir nicht fürchterlicher als jeder gewöhnliche Araber, und wo der offene Mut nicht ausreichte, konnte ich ja zur List meine Zuflucht nehmen. Die Anaïa hatte ich wieder zu mir gesteckt; sie konnte mir von Nutzen sein. – – –

4. Behluwan-Bei, der Räuberwürger

Die Spiegelung! –
Durch die brennende Einöde schleicht langsam die Dschellaba (Pilgerkarawane). Sie ist bereits seit Monaten unterwegs und durch die von allen Seiten sich anschließenden Zuströme sehr stark und zahlreich geworden. Reiche Uëlad Arab aus dem Belad es Sudan reiten neben armen Fußwanderern, welche sich auf die Mildthätigkeit der Gläubigen verlassen müssen und nichts besitzen als einen einzigen Mariatheresienthaler, um die Ueberfahrt über das Rote Meer bezahlen zu können. Jünglinge, welche kaum das Knabenalter überschritten haben, wandern neben ausgetrockneten Greisen, die vor dem Tode noch die heilige Kaaba sehen wollen. Gelbe Beduinen, braune Tuareg, dunkle Tebu und wollhaarige Tekrur, wie die schwarzen Mekkapilger genannt werden, murmeln in melancholischen Tönen ihre frommen Gebete oder ermuntern sich durch den lauten Zuruf des moslemitischen »La illaha il' Allah u Mohammed rassul Allah, es ist kein Gott außer Gott, und Mohammed ist Gottes Prophet!«
Der Himmel glüht fast wie kochendes Erz, und die Erde brennt wie flüssiges Eisen. Der Smum hat die Wasserschläuche ausgetrocknet, und bis zur nächsten Uah ist es noch weit. Ein einsamer Bir kann keine Hilfe bringen, da sein weniges brackiges Wasser kaum hinreicht, die Zungen der Menschen und die Lefzen der Kamele zu kühlen. Die erst geschlossene Karawane hat sich längst in einzelne Frik (Abteilungen) aufgelöst, welche sich mühsam hintereinander herschleppen. Brot, Mehl und Bela (trockene Datteln) sind genugsam vorhanden, aber für einen Schluck Wassers oder eine Schale Merissa (kühlender Trank aus Dokhnkorn) würden die Verschmachtenden Monate ihres Lebens hingeben. Der Dürstende greift wieder und immer wieder zur leeren Zemzemiëh, hält sie an die verlangenden Lippen und setzt sie wieder ab mit einem klagenden »bom bosch, ganz leer!«

Die Gebete werden leiser, die Zurufe seltener, und die am Gaumen klebende Zunge liegt wie Blei im Munde. Sie vermag kaum das Surat yesin, das sechsunddreißigste Kapitel des Koran, zu seufzen, welches der Moslem »Quelb el Kuran«, das Herz des Koran, nennt und in der Not des Todes betet.

Da ertönt ein lauter Freudenschrei.

Ueber dem dichtumflorten Horizonte heben sich die scharfen Umrisse der ersehnten Oase empor. Auf schlanken Säulen bauen sich die stattlichen Wipfel der Dattelpalmen übereinander, und ihre leichten Fiederkronen wehen in dem frisch sich erhebenden Wüstenwinde. Zwischen grünen Hainen schimmert es wie das Wellengekräusel eines lieblichen Sees, und die Luft scheint sich von der Ausdünstung des Wassers zu feuchten. Die Palmenkronen spiegeln sich in der glitzernden Wasserfläche, und Kamele waten in der Flut, ihren langen Hals herniederstreckend, um das belebende Naß zu schlürfen.

»Hamdulillah, Preis sei Gott! Das ist die Uah; der Herr hat uns errettet; ihm sei Lob und Dank!«

Die jubelnden wollen ihre Tiere in eine schnellere Bewegung setzen; diese aber lassen sich nicht täuschen; ihr scharfer Geruch hätte es ihnen ja schon längst gesagt, wenn wirkliches Wasser vorhanden wäre.

»Hauehn aaleïhu ia Allah, hilf ihnen, o Gott!« bittet der erfahrene Führer der Karawane. »Sie haben vor Durst und Hitze den Verstand verloren und halten die Fata Morgana, die gefährliche Spiegelung, für Wirklichkeit.«

Seine Worte rufen doppelte Niedergeschlagenheit unter den Getäuschten hervor; mutloser und langsamer schiebt sich der immer mehr ermüdende Zug weiter und geht vielleicht dem grauenvollen Schicksale entgegen, wie das vom Sonnenbrande verzehrte Wasser eines Wadi in der starren Wüste zu verrinnen. Die Dschellaba hält dann ihren Einzug in einem Mekka, welches erbaut ist hoch über den Sternen und nicht im Sande des Belad Moslemin (Arabiens). – – –

Die Spiegelung ist seltener, als man anzunehmen pflegt; ich hatte sie erst zweimal geschaut und auch mich, wenigstens beim ersten Male, von ihr täuschen lassen. Heute sollte ich die Erfahrung machen, daß sie unter Umständen dem Menschen freundlich und nützlich sein kann.

Nach der Weisung des Khabir hatte ich unsere östliche Richtung beibehalten. Unsere Schatten wurden länger und länger, bis sie unsere doppelte Länge übertrafen.

Da stieg über dem vor uns liegenden Horizonte ein seltsames Phantom empor: Die Sonnenstrahlen oscillierten wie ein mehrere Fuß hohes, aus mikroskopischen, glühenden Flimmern bestehendes Meer über dem Boden; trotz der Nähe des Abends war die Hitze beinahe unerträglich, und die abgemattete Kaffilah drohte in dem heißen, immer tiefer werdenden Sande zu versinken.

Wir nahten uns dem Kampfgebiete zwischen Ghud und Serir, zwischen Dünen und Felsen, und hatten bald leere, nackte Steinfläche, bald gefährliche, nachgiebige Sandablagerungen unter den Füßen unserer dampfenden Thiere. Da wuchs langsam und allmählich ein mächtiges Gebirge aus den hohen Lüften vor uns hernieder; die Umrisse der gigantischen Bergesriesen verschwammen in der zitternden Atmosphäre, aber an ihrem Fuße sahen wir deutlich mächtige Seen flimmern, in die sich mehrere Ströme ergossen; die Ufer derselben waren kahl und öde und zeigten nicht die mindeste Spur eines Pflanzenwuchses.

»Maschallah, tausend Schwerebrett,« meinte der Staffelsteiner, »is dos aane wunderliche Geschicht'! Das Gebirg hat sich auf den Kopf gestellt und schaut mit der Spitz' nach unten. Wenn's so fortgeht, so läuft halt der große Hassan bald mit den Beinen in der Luft.«

Jetzt richtete sich in verkehrter Stellung eine riesige Figur empor und neben ihr eine zweite. Trotz der auseinander fließenden Umrisse erkannten wir ein an dem Boden liegendes Kamel, neben welchem ein Araber stand. Es war klar, daß die Originale dieses Bildes sich in Wirklichkeit hinter den vor uns liegenden Dünen befanden. Der Araber konnte nichts anderes sein, als ein Posten, der von dem Hedjahn-Bei vorgeschoben worden war, um das Nahen der Kaffilah zu beobachten. Die Fata morgana hatte uns die

Gum verraten, während die Spiegelung unser Bild dem Posten nicht zutragen konnte, da wir vor der Sonne hielten.

Es war ein eigener, gespenstischer Anblick, dieser verkehrt in den Lüften schwebende und in gigantischen Dimensionen gezeichnete Wächter der Raubkarawane.

»Rrree, halt!« gebot ich. »Die Gum ist vor uns. Steigt ab, ihr Männer, und schlagt das Lager auf!«

Während dieser Beschäftigung sank die Sonne immer weiter niederwärts, und das Phantom stieg, in gleichem Verhältnisse, seine Formen ausdehnend, am Horizonte empor. Es war, als befänden wir uns vor einer meilenweiten Camera obscura, deren Linse von Augenblick zu Augenblick an Dicke und Vergrößerungsfähigkeit zunahm.

Da wurde hinter dem Luftbilde des Arabers eine neue Gestalt sichtbar, die seitwärts von ihm aus dem Boden wuchs. Wir konnten jede ihrer Bewegungen beobachten. Sie erhob die Arme und richtete einen langen, schmalen Gegenstand nach dem Kopfe des Postens – ein einziger Augenblick – ein eigentümliches Schwanken und Schwingen des ganzen Gemäldes – der Araber stürzte nieder.

»Allah kehrim, Gott ist gnädig und barmherzig!« rief Hassan. »Ich preise den Propheten, daß dieses Bild nicht von meinem Leibe stammt, denn dort hat ein Mann den andern totgeschossen!«

Er hatte recht, und wäre die Entfernung nicht zu groß gewesen, so hätten wir den Schuß jedenfalls gehört.

Wer war der Thäter? Seine vergrößerte Figur bog sich zu dem Gefallenen nieder, dann richtete er den langen Gegenstand, welcher nichts anderes als ein Schießgewehr sein konnte, auch auf das Kamel – ein zweites Schwingen und Schwanken der Spiegelung – das Tier zuckte in seinen mächtigen Formen empor und sank dann wieder zusammen.

Eine blitzschnelle Ahnung stieg in mir auf.

»Seht ihr ihn, ihr Männer?« rief ich. »Das ist Behluwan-Bei, der Räuberwürger. Er hat den Wächter der Gum in das Reich des Todes geschickt. Bleibt hier zurück! Auf, Abu billa Beni, auf, Korndörfer; wir müssen hin zu ihm!«

Einige Augenblicke später saßen wir auf unsern Kamelen und jagten der Richtung des Bildes zu.

Je weiter wir vorwärts kamen, desto mehr sanken die Linien desselben zusammen. Die Figur dessen, den ich für Emmery Bothwell hielt, war schon kurz nach dem zweiten Schusse verschwunden. Wegen des tiefen Sandes und weil wir zahlreiche Dünen zu umreiten hatten, kamen wir trotz unserer Eile nur langsam von der Stelle; doch wich die Spiegelung endlich, und folglich mußten wir uns in dem Gesichtskreis des Ortes befinden, an welchem die That geschehen war.

Wir hatten lange zu suchen, ehe wir die Stelle fanden, und nun zeigte es sich, daß meine Vermutung allerdings das Richtige getroffen hatte. Im Sande lag ein Tuareg, von der Seite einen Zoll hoch über der Nasenwurzel in die Stirne geschossen, und auch das Kamel hatte die gleiche tödliche Wunde. Der Kragen des Burnus und eine Ecke der Satteldecke zeigten die Buchstaben A. L., eine Anweisung auf die sicher treffende Kugel aus der Büchse meines »Englishman«, der sich den Ehrennamen Behluwan-Bei erworben hatte.

Wir hatten über eine halbe Stunde gebraucht, um diesen Ort zu erreichen, und seit derselben Zeit hatte ihn Emmery verlassen. Konnte ich ihm nachreiten? Ein kurzes Einhalten seiner Spur zeigte mir, daß er sich mit großer Schlauheit diejenigen Stellen des Bodens ausgewählt hatte, wo der Felsen keine Fährte annahm oder der hohe Sand sich sofort wieder über derselben schloß. Ich hätte also Mühe gehabt, ihn zu erreichen, und, da in kurzer Zeit die Nacht hereinbrach, den Rückweg zur Kaffilah ganz sicher verloren. Zudem mußte ich annehmen, daß er in der Nähe der Gum bleiben und ich ihn also bei der Berührung mit derselben ohne Zweifel treffen würde. Ich gab es also auf, ihm zu folgen.

Jetzt mußte sich mir nun eine zweite Erwägung aufdrängen.

Der getötete Posten hatte nämlich nur einige Schlucke Wassers bei sich, ein sicheres Zeichen, daß entweder eine baldige Rückkehr erwartet wurde oder er in kurzem abgelöst werden sollte. Sein Tod wurde also auf jeden Fall bemerkt. Ohne Zweifel gab es auch noch andere Posten in der Nähe, die der Hedjahn-Bei persönlich inspizierte. Konnte ich also diese Stelle ohne weitere Vorsichtsmaßregeln verlassen? Und welches war die beste Vorkehrung, die ich treffen konnte? Sollte ich die Tier- und Menschenleiche mit Sand verschütten oder zurückbleiben? Im letzteren Falle konnte ich leicht einen glücklichen Fang thun, aber auch trotz aller Furchtlosigkeit in eine Gefahr geraten, aus welcher es bei allem Mute kein Entrinnen gab.

Ich entschloß mich für das erstere.

Der Sand war leicht beweglich, und schon nach wenigen Minuten bedeckte eine Düne den Tuareg und sein Kamel. Dann suchten wir, so wenig Fährte als möglich zurücklassend, die Kaffilah auf. Wir wurden mit der Frage empfangen, ob wir den Behluwan-Bei gesehen hätten.

»Die Kamelstute des Räuberwürgers ist so schnell wie der Vogel der Lüfte,« antwortete ich. »Er war bereits wieder verschwunden. Doch kenne ich die Gedanken meines Bruders! Er weicht nicht von der Gum, bis sie getötet ist. Ihr werdet bald sein Angesicht sehen und seine Stimme hören.«

Die Sonne sank, und doppelte Glut strömte nun die erhitzte Erde aus. Wir hatten die Kamele angepflockt und das mehr als einfache Nachtmahl beendet; der Schlaf aber floh unsere Augen. Die Sterne stiegen am Himmel empor, und Mitternacht nahte heran. Emmery hatte mir mit der Tötung des Tuareg einen Strich durch die Rechnung gemacht. Hätte dieser die Kaffilah bemerkt, so wäre der Hedjahn-Bei von ihm benachrichtigt worden und wohl längst schon in die Nähe gekommen. Jetzt aber wollte der Ruf der Hyäne nicht erschallen. Sollte ich es wagen, den Räuber aufzusuchen und die Kaffilah ohne Anführer zu lassen?

Ich gab Josef und dem Tebu, welchem ich vertrauen konnte, die nötigen Verhaltungsbefehle und schritt in die stille, lautlose Nacht hinaus.

Es war so sternenhell, daß ich bei der klaren Wüstenluft die Umgebung deutlich erkennen konnte, und trotz der täuschenden Aehnlichkeit der Dünen die Nähe der Stelle erreichte, an welcher der Tuareg von Emmery getötet worden war. Jetzt war doppelte Vorsicht nötig. Ich legte mich nach Indianerart auf den Boden und kroch geräuschlos weiter.

Grad auf demselben Punkte, an welchem der Tote gewacht hatte, standen zwei Männer in einer bewegungslosen, lauschenden Stellung. Ich schob mich bis hart an sie heran und richtete mich dann in die Höhe. Sie erschraken und sprangen, die Waffen ergreifend, zurück.

»Rrree, halt! Wer bist du?« fragte der eine, das Gewehr auf mich anschlagend.

»Wo ist der Hedjahn-Bei?« lautete meine Gegenfrage.

»Kennst du ihn? Bist du einer der Seinen?«

Ich zog die Anaïa hervor.

»Sieh hier sein Zeichen! Wo ist er?«

Beide Männer ergriffen die Anaïa, um sie in Augenschein zu nehmen.

»Du hast die Murdschan[42] und gehörst zu uns,« entschied der vorige Sprecher. »Kennst du die Kaffilah, auf welche wir warten?«

»Ich kenne sie, denn ich bin mit ihr gekommen.«

»Wo ist der Khabir, warum kommt er nicht? Warum hält er nicht an dem Orte, den ihm der Hedjahn-Bei geboten hat?«

»Dein Atem ist lang, und deiner Fragen sind sehr viele. Führe mich zu dem Bei, so wird er meine Antwort vernehmen!«

»Dein Fuß darf nicht zur Gum treten, ehe er es erlaubt hat. Ich werde ihn rufen und ihm deinen Namen nennen.«

»Allah gab auch mir einen Mund; der Bei wird meinen Namen von meinen eigenen Lippen hören.«

»Dein Mund ist wie der Bir billa ma, der Brunnen, der kein Wasser hat, und deine Zunge liebt nicht den Tropfen der Rede. Aber er wird fließen, denn ich gehe, um den Bei zu holen.«

Er ging, und ich blieb bei dem andern zurück, der mit keinem Worte versuchte, eine Unterhaltung anzuknüpfen. Es

---

42 Koralle

herrschte ringsum eine lautlose Stille, so daß man im leisen Hauche der Nachtluft das Klingen des wandernden Sandes deutlich vernehmen konnte. Da aber drang ein anderer Ton an mein Ohr, ein Ton, der mich überrascht aufhorchen ließ.

Es war ein Schuß gefallen, allerdings in weiter Ferne, aber der Schall war doch so vernehmlich, daß ich mich nicht täuschen konnte. Er war aus der meiner Kaffilah entgegengesetzten Richtung erklungen. Auch die Wache fuhr in eine wo möglich noch aufmerksamere Haltung empor.

»Hast du vernommen die Stimme des Todes in der Wüste?« fragte ich.

»Die Nacht schweigt gegen das Auge, aber sie spricht zu dem Ohre. Ich habe diese Stimme gehört.«

»Kennst du sie?«

»Du bist ein Freund des Bei und kennst sie nicht? Sage deiner Seele, daß sie das Surat yesin bete; es ist das Quelb el Kuran, das Herz des heiligen Buches, und errettet den Gläubigen vom Tode.«

»Wer will ihm den Tod bringen?«

»Kennst du nicht Behluwan-Bei, den Würger der Gum? Sein Gewehr ist es, welches gesprochen hat.«

»Wie soll ich ihn kennen, da ich aus weiter Ferne komme!«

»So bitte Allah, daß er dich vor ihm behüte, sonst wird deine Seele ein Raub des Todes und dein Leib eine Speise der Tiere. El Thibb, der Wüstenwolf, wird dein Blut trinken, und el Büdj, der Bartgeier, deine Augen fressen; el Tabäa, die Hyäne, wird dein Fleisch kosten, und Abu Ssuf, der Fuchs, dein Herz verschlingen. Der Behluwan-Bei ist der Vater des Verderbens, und in seinen Spuren wandelt der Tod.«

»Ich fürchte ihn nicht. Wenn der Tod in seinen Spuren wandelt, so wird er ihn ereilen.«

»Der Behluwan-Bei stirbt nicht; sein Leib ist nicht von Fleisch gemacht, und keine Kugel, keine Lanze kann ihn töten. Er steht bei dir, und du siehst ihn nicht; er reitet an deiner Seite, und du hörst ihn nicht; er kommt zu dir, wenn du nicht an ihn denkest, und er ist verschwunden, ehe du daran denkst, ihn zu halten. Er ist kein Mensch; er ist der

Oberste der Djinns, dem kein Sterblicher widerstehen kann, und seine Büchse hat der Scheitan gefertigt, der in der Hölle wohnt. Sie sendet ihre Kugel über die ganze Sahara hinweg, und sie trifft dich, selbst wenn du dich in das Innere der Erde verbirgst. Hat dir die Wüste noch keinen Toten gezeigt, die Wunde grad über der Nase mitten in der Stirn?«

»Ich sah mehrere.«

»Sie sind von seiner Hand gefallen. Er ist allwissend; er kennt alle Männer der Gum und tötet nie einen andern.«

Hätte er gewußt, daß sich diese Allwissenheit auf das verhängnisvolle Zeichen A. L. stützte, so wäre seine abenteuerliche Meinung über den braven Emmery bald eine andere geworden.

»Was hat ihm die Gum gethan?«

»Ich weiß es nicht, und niemand vermag, es dir zu sagen. Frage ihn selbst.«

»Das werde ich thun, sobald ich ihn treffe.«

»Verbiete deiner Zunge diese Worte! Weißt du nicht, daß die Geister kommen, wenn man sie ruft? Horch! Er naht. Hast du ihn gehört?«

Ein zweiter Schuß war gefallen, und zwar in größerer Nähe. Jetzt war es mir gewiß, daß Emmery Bothwell der Schütze sei.

Ein geübtes Ohr vermag recht gut den Knall eines Gewehres von dem eines andern zu unterscheiden, und ich hatte den Ton dieser untrüglichen Kentuckybüchse zu oft gehört, um ihn nicht sofort zu erkennen. Es war klar, daß der »Englishman« in seiner gewöhnlichen kalten Verwegenheit die Gum umschlich, um ein Ziel für seine Kugel zu finden, und die zwei, welche er getroffen hatte, gehörten jedenfalls zu den Posten, welche von dem Hedjahn-Bei ausgestellt worden waren. Behielt er die Richtung, welche er eingeschlagen zu haben schien, bei, so mußte er auch den Ort berühren, an welchem wir uns befanden, und in diesem Falle hatte ich mich ebenso vor ihm in acht zu nehmen, wie der Araber, für dessen Gefährten er mich halten mußte.

Da nahten Schritte. Zwei weiße Burnusse tauchten zwischen den Dünen auf; der Posten kehrte mit noch einem

Araber zurück, der sofort auf mich zutrat und mich betrachtete, so gut es die Dunkelheit gestattete.

»Sallam leilet, die Nacht sei dir glücklich,« grüßte er. »Du begehrst den Hedjahn-Bei?«

»Ja. Bist du es?«

»Nein. Der Bei wird die Gum nicht verlassen, bis der Würger fort ist, der sie umschleicht. Welche Botschaft hast du an ihn?«

Der Anführer der Räuber fürchtete also den Behluwan-Bei und blieb unter dem Vorwande, die Seinen zu beschützen, in ihrem Schutze zurück.

Es wäre mir erwünscht gewesen, mit ihm schon jetzt zusammenzutreffen; da ich aber nun Emmery in der Nähe wußte, so zog ich es vor, mich zunächst mit diesem zu vereinen.

»Ich habe nur mit ihm und nicht mit dir zu sprechen. Warum versteckt er sich? Hat ihm die Angst vor dem Würger die Füße gelähmt?«

»Fessele deine Zunge! Der Hedjahn-Bei kennt weder Angst noch Furcht; er gebietet über alle Schilugh und Amazigh[43] der Wüste, und ich bin der Mudir[44] dieser Gum. Zeige mir die Anaïa!«

»Hier ist sie!« antwortete ich, zurücktretend und die Büchse auf ihn anschlagend. »Bist du der Mudir dieser Gum, so gehe ihr voran in die Tschehenna!«

Ich wollte abdrücken, doch die drei Männer standen vor Ueberraschung so perplex und wehrlos vor mir, daß ich die Büchse wieder absetzte.

»Bist du von Sinnen, Mann?« fragte der Anführer nach einer Pause im Tone der höchsten Verwunderung. »Du hast die Anaïa und drohst mir mit dem Tode! Soll dir meine Kugel das Herz zerreißen?«

»Hätte dich die meine nicht vorher getroffen, Räuber? Lähmte dir der Schreck nicht die Glieder, daß du dich nicht regen konntest? Wisse, ehe du deine Flinte erhebst, seid ihr

---

[43] freie Männer
[44] Oberst

alle drei Kinder des Todes. Der Bei fürchtet den Würger; so vernimm, daß ich der Bruder des Behluwan-Bei bin, der die Gum vernichten wird bis auf den letzten Mann.«

Er starrte mich an, als halte er mich wirklich für einen Wahnsinnigen.

»Allah akbar, Gott ist groß; er kann Verstand geben und nehmen, wie es ihm gefällt. Doch der Prophet befiehlt, die Irrsinnigen zu schonen. Komm, und folge uns!«

»Unsere Wege sind verschieden; der meine geht nach El Kasr, der eure aber in den Tod.«

»Dein Geist ist dunkel wie die Nacht, die keine Sterne hat. Was willst du auf El Kasr?«

»Mein Geist ist hell wie der Tag, der alles offenbart. Ich bin kein Moslem, sondern ein Christ und komme nach El Kasr, um den Franken zu befreien, den ihr gefangen haltet.«

»Du bist ein Giaur und hast die Anaïa? Stirb, Verräter!«

Er erhob das Gewehr; da aber krachte schon meine Büchse; er stürzte zusammen. Der zweite Schuß traf den einen Posten, und den andern streckte eine Revolverkugel zu Boden, noch ehe beide von ihren Waffen hatten Gebrauch machen können.

Ich hatte mein Gewissen befriedigt und sie nicht getötet, bevor sie wußten, daß ich ihr Feind sei.

Kaum waren die drei Schüsse verhallt, so ertönte unweit meines Standortes eine laute Stimme: »Hallo - i - oh!«

Es war der Waldruf, welchen ich mit Emmery zu wechseln gewohnt gewesen war, wenn wir getrennt durch den Forst oder die Prairie marschierten. Wie ich die seine, so hatte er auch meine Büchse erkannt und durch den darauf folgenden Revolverschuß die vollendete Gewißheit erhalten, daß er sich nicht irre.

»Hallo - i - oh!« antwortete ich ihm unbekümmert um den Hedjahn-Bei und seine Gum.

Der Ruf wurde, während wir auf einander zuschritten, noch einmal wiederholt, und dann standen wir, die wir uns in den Vereinigten Staaten das Wort gegeben hatten, uns in Afrika wiederzusehen, leibhaftig vor einander im Innern der Sahara.

Er nahm mich bei den Schultern, blickte mir in das Angesicht und drückte mich dann in langer, stummer Umarmung an sich.

»Welcome in the Sahar!« grüßte er endlich; dann war dem Herzen genug gethan.

Keine einzige Frage über Vergangenes wurde ausgesprochen; die Gegenwart nahm uns vollständig in Anspruch.

»Laden!« bemerkte er in seiner kurzen Weise.

Wirklich war ich in der Freude so unvorsichtig gewesen, diese Maßregel, was mir noch niemals passiert war, außer acht zu lassen. Ich holte natürlich sofort das Versäumte nach.

»Drei Schüsse – drei Räuber?« fragte er.

»Ja.«

»Ich nur zwei. Wo hältst du?«

»Mit einer Kaffilah zehn Schüsse von hier.«

»Wie stark?«

»Siebzehn ohne mich.«

»Feige Araber?«

»Ja, und zwei Diener, auf die ich mich verlassen kann, ein Tebu und ein Deutscher.«

»Der Khabir gehört zum Hedjahn-Bei?«

»Ja. Er und der Schech el Djemali sind tot.«

»Durch dich?«

»Durch mich. Weißt du, wo Rénald sich befindet?«

»Nein.«

»Warum bestelltest du mich dann nach dem Bab-el-Ghud?«

»Weil in dessen Nähe die Räuber ihre Niederlage haben müssen. Jede Gum kehrt dorthin zurück.«

»Ich kenne den Schlupfwinkel; es ist ein Kasr, und dort werden wir Rénald treffen.«

Der kaltblütige Engländer stieß doch einen Ruf der Ueberraschung aus.

»Das weißt du, und ich nicht, trotzdem du erst kommst und ich schon längst hier streife!«

»Ich entlockte es dem Khabir, welcher mir vertraute, weil ich die Anaïa des Bei besitze.«

»Du hast sein Zeichen? Wer gab es dir?«

»Er selbst. Ich schoß einen Löwen, unter dem er lag.«

»Du hast einen Löwen erlegt? Mensch, dein Glück ist ungeheuer!«

Jetzt kam sein Blut in Wallung.

»Einen Löwen und ein schwarzes Pantherpaar. Du wirst die Felle sehen.«

»Pshaw! Sie sind doch nicht mein! Und den Bei hast du beim Löwen getroffen? Wo?«

»An den Auresbergen.«

»Das ist nicht möglich. Er ist im Ghud!«

»Es sind zwei Brüder.«

»Ah!« rief er erstaunt. »Und wo ist jetzt der andere?«

»Tot.«

Ich erzählte ihm in Kürze das Wissensnötige.

»Kerl, du hast wirklich ein ganz unmenschliches Glück!« räsonnierte er, als ich zu Ende war. »Vorwärts, ich muß mir meinen dritten holen, und das weitere werden wir dann sehen!«

»Wie stark ist die Gum?«

»Heut früh dreiundvierzig; jetzt fünf davon ausgelöscht, bleiben achtunddreißig.«

»Wo ist deine Begleitung?«

»Ganz in der Nähe. Ich umkreise die Gum und stoße dann zu ihr. Jeder Posten, auf den ich treffe, stirbt.«

»Warum nur die Posten? Wenn du willst, bekommen wir heut die ganze Gum.«

»Well, so werde ich wollen!«

»Komm!«

Ich schritt noch eine kurze Strecke vorwärts und blieb dann stehen. Befand sich eine Wache in der Nähe, so stand zu erwarten, daß sie auf das verabredete Zeichen antworten werde. Ich hielt die Hände an den Mund und ließ das tiefe »Ommu ommu« der Hyäne erschallen.

Ich hatte mich nicht geirrt, denn gar nicht weit vor uns ertönte der gleiche Ruf.

»Bleib hier!« bedeutete ich Emmery und ging dann weiter. Ein Araber kam mir langsam entgegen.

»Wo ist der Hedjahn-Bei?« fragte ich ihn.

»Du bist der Khabir?« entgegnete er.

»Ja,« antwortete ich.

»Hüte dich vor dem Behluwan-Bei! Hast du nicht seine Schüsse gehört?« fragte er.

»Ich habe sie gehört und ihn gesehen; er mordete drei Männer von der Gum, bei denen ich stand. Sag es dem Bei. Ich muß ihn sprechen.«

»Warum läßt du die Kaffilah an einem falschen Orte halten?« forschte er jetzt.

»Kann ich sie dahin führen, wo der Behluwan-Bei ist?«

»Du hast Recht. Warte hier!«

Er ging und kehrte nach kurzer Zeit zurück. Ich hatte das erwartet. Er begann: »Sage mir den Weg zur Kaffilah. Wenn sich der Würger nicht mehr hören läßt, wird die Gum kommen.«

Ich deutete mit der Hand die Richtung an und sagte: »Dort halten wir, zwanzigmal so weit als deine Flinte trägt.«

»Wie viel Männer zählt die Kaffilah?«

»Siebzehn, von Durst und Anstrengung ermattet.«

»Du hast mit dem Mudir gesprochen?«

»Ja. Die Kugel des Würgers tötete ihn mit den beiden andern an meiner Seite.«

»So sage Allah Preis und Dank, daß du entkommen bist. Kehre zurück und wache, damit du es hörst, wenn wir kommen!«

Dieser Posten mußte ein neues Mitglied der Bande sein, da er den Khabir nicht kannte. Ich ging zu Emery zurück und folgte ihm seitwärts zwischen die Dünen. Dort hielten seine Mehara, von seinem Diener und dem Führer bewacht. Ich führte sie zur Kaffilah, wo man die Schüsse gehört hatte und deshalb in Sorge um mich gewesen war.

»Hamdulillah, Gott sei Dank, Sihdi, daß du kommst!« meinte der große Hassan. »Ich hörte fünf Schüsse und glaubte, der Hedjahn-Bei habe dich fünffach getötet.«

»Sihdi Emir, der Behluwan-Bei!« rief der Tebu, als er den Engländer erblickte.

Sämtliche Männer der Kaffilah schauten bei diesem Rufe mit ehrfurchtsvoller Scheu auf die hohe Gestalt des »Englishman«.

»Ja, ihr Leute, dieser Sihdi ist der Behluwan-Bei, dessen Kugel die Gum beinahe aufgefressen hat. Sie wird kommen, uns zu überfallen; macht euch bereit, sie zu empfangen!« befahl ich.

Diese Nachricht brachte eine bedeutende Aufregung hervor. Die bis an die Zähne bewaffneten Araber gebärdeten sich wie Schafe, die den Wolf erwarten, und nur durch die possierliche Vermittelung des Kompaß gelang es mir, ihnen etwas Mut und Selbstvertrauen einzuflößen. Niemand zeigte sich über ihr Verhalten so entrüstet, wie Hassan.

»Allah akbar, Gott ist groß; er giebt dem Mutigen ein Herz und dem Helden eine Faust,« donnerte er sie an. »Ihr aber seid wie die Flöhe, die vor jedem Finger davonspringen. Habe ich euch nicht gesagt, daß ich Hassan el Kebihr heiße und Djezzar-Bei, der Menschenwürger, bin? Nun wohlan, warum fürchtet ihr euch denn? Fürchtet euch doch vor mir, aber nicht vor den Räubern, deren Fleisch ich essen und deren Blut ich trinken werde wie Merissa und Wasser, mit Zibib gewürzt.«

»Halt' den Mund!« warnte ihn der Staffelsteiner. »Du selbst bist der richtige Zibib, und die Gum wird dich verschlingen und nix von dir übrig lassen, als dein großes Maul, das zehntausend Männer nit hinunterbringen. Wenn das Geschieß losgeht, werd' ich wohl sehen, wo du steckst!«

»Schweig!« brauste ihn der Geschmähte an. »Ich bin ein Kubaschi en Nurab, du aber bist nur Jussef Ko-er-darb, und deine Väter haben denselben Namen wie du. Weißt du, was ein Hadschi, ein Mekkapilger, ist? Ich war zweimal in Mekka, der Stadt des Propheten, einmal in Medina, der ruhmbedeckten, und habe zu Dschidda gebetet, wo Eva, die Mutter der Menschheit, begraben liegt, fünfhundert Fuß lang und zwölf Fuß breit. Was aber hast du gethan, und an welchem gottgefälligen Orte bist du gewesen? Du bist ein Franke, der Schweinefleisch ißt und in das Land der Gläubigen muß, wenn er das Land seines Propheten sehen will. Du hättest klüger gethan, wenn du in Kah-el-brunn geblieben wärest; drum klappe deinen Mund zu, und schweig still.«

»Maschallah, tausend Schwerebrett, is doos aan Aerger für den Kerl, daß er nit auch Rauchfleisch und Schwarten- wurst essen darf, wie ich! Dafür aber trinkt er Ma-el-Zat, zu Deutsch Kröten- und Eidechsensaft, und thut dick wie aan Hyppopotamus. In Mekka und Medina war ich nit, dos is wahr, aber wenn du deshalb etwa denkst, daß du besser bist, als aan Christ aus Kaltenbrunn, so lange ich dir aane ins Gesicht, daß es noch dreimal länger und breiter wird, als deine fünfhundertige Menschenmutter in Dschidda!«

Der tapfere Kubaschi zog es jetzt vor, zu schweigen.

Ein kurzer Meinungsaustausch zwischen Emery und mir brachte uns zu dem Entschlusse, die Räuber zwischen zwei Feuer zu nehmen. Wir trennten uns daher. Die Anwesenheit des Behluwan-Bei mußte die Männer der Kaffilah ermuti- gen; aus diesem Grunde blieb er bei ihnen, während ich mit seinen Begleitern, dem Tebu und dem Staffelsteiner, also mit mir fünf Mann stark, mich hinaus zwischen die Dünen zog, um dort die Gum zu erwarten und im Rücken anzugrei- fen.

Unsere Schüsse mußten den Hedjahn-Bei außerordentlich eingeschüchtert haben, denn es dauerte sehr lange, bis wir das erste Geräusch der anrückenden Räuber vernahmen.

Zwei von ihnen schlichen sich rekognoszierend voraus; die andern folgten in einiger Entfernung. Sie huschten an uns vorüber, ohne uns zu bemerken, trotzdem wir uns nun hart hinter ihnen hielten. Die beiden Vorausgehenden um- schritten das Lager der Kaffilah. Es herrschte dort eine sol- che Ruhe und Bewegungslosigkeit, daß alles im tiefsten Schlafe zu liegen schien. Die Räuber traten zusammen, um die Befehle ihres Anführers zu vernehmen.

Jetzt war es jedenfalls die beste Zeit, loszubrechen. Ihre zusammengedrängte Masse bot selbst einem schlechten Schützen ein sicheres Ziel, und wenn wir sie einmal in das Lager kommen ließen, so war der Sieg, an dem ich allerdings auch dann nicht zweifelte, für uns mit größeren Op- fern verbunden. Emery mußte ganz dieselbe Ansicht hegen, denn kaum hatte ich den Gedanken ausgedacht, so erklang zwischen den Zelten seine befehlende Stimme: »Rrree! Halt, Mörder! Die Rache und der Behluwan-Bei sind über euch. Gebt Feuer, ihr Männer!«

Im nächsten Augenblick krachte von hüben und drüben eine Salve mitten unter die Räuber hinein; drei Doppelbüchsen versandten ihre zweite Kugel, und dann riß ich den Henrystutzen empor. Ich konnte nur zweimal abdrücken, denn dann war der Platz gesäubert. Emery, der Staffelsteiner und der Tebu hatten sich auf die überraschten Angreifer gestürzt, aber keine Arbeit gefunden; sobald nämlich der erste Schreck vorüber war und der Hedjahn-Bei die Anzahl derer bemerkte, welche tot oder verwundet am Boden lagen, ertönte sein Ruf: »Allah inhal, Gott verderbe sie! Flieht, flieht von dannen!«

Der Räuber der Wüste überfällt den Wanderer nur der Beute wegen; steht diese in keinem Verhältnisse zu der Gefahr, welche ihm dabei droht, so giebt er sein Vorhaben wieder auf. Es entgeht ihm jener Mut, welcher aus sich selbst heraus und nicht um des Gewinnes willen handelt. Bei der außerordentlichen Angst, welche man allgemein vor der Gum empfand, war diese noch nie auf einen nennenswerten Widerstand gestoßen; jetzt aber war eine einzige Minute genügend gewesen, sie in die Flucht zu schlagen. Die gefürchteten Männer des Hedjahn-Bei verschwanden zwischen den Dünen, ohne einem einzigen von unsern Leuten auch nur ein Haar gekrümmt zu haben.

Wir ließen sie fliehen, ohne an ihre Verfolgung zu denken, da wir ja sicher waren, sie wieder zu treffen.

Die Männer der Kaffilah erhoben ein wahrhaft betäubendes Triumphgeschrei, während der Tebu sich im lautlosen Grimme auf die Verwundeten warf, um sie seiner Rache zu opfern.

»Maschallah, tausend Schwerebrett, war dos aan Gefecht!« zankte der Staffelsteiner. »Was woll'n die sein? Räuber woll'n sie sein? Ja, prosit die Mahlzeit! Taugenichtse sind's, die man mit der Peitsch' versohlen möcht'! Da hat man sich einmal auf aan ordentlich Gebalg gefreut und steht nun da und leckt das Maul wie die Katz, die den Vogel nit bekommt. Aber sobald ich diese Gum wieder ertapp', nehm' ich gar kaan Gewehr, sondern schlag gleich mit den Fäusten drein!«

Da öffnete sich der Vorhang meines Zeltes, und es kam ein Kopf zum Vorschein, der sich höchst vorsichtig nach dem Stande der Dinge umschaute; dann schob sich ihm ein langer Körper nach, welcher sich mit einem raschen Sprunge mitten unter die jubelnden Araber schnellte. Es war Hassan, der sich beim Nahen der Feinde verkrochen hatte.

»Hamdulillah, Preis sei Gott, der uns Macht gegeben hat wider unsere Feinde!« brüllte er über die Stimmen der andern weg. »Wir haben sie empfangen wie die Helden, und sie sind geflohen wie die Memmen. Unsere Augen haben sie erschreckt, und ihre Beine sind vor unserer Kühnheit davongelaufen. Sie haben Hassan el Kebihr gesehen und sind erschrocken; sie haben Djezzar-Bei, den Menschenwürger, erblickt, und heulten vor Angst. Seine Kugel ist in ihr Herz gedrungen, und sein Messer hat ihre Kehle zerschnitten. Nun liegen sie tot am Boden; Ehre sei Allah, und Preis und Ruhm erschalle Hassan el Kubaschi vom Ferkah en Nurab!«

»Willst wohl gleich ruhig sein, du Feigling vom Ferkah Hasenfuß!« antwortete ihm der ergrimmte Josef Korndörfer. »Wer hat denn dort im Zelt gesteckt? Ich hab's halt wohl gesehen, daß du hineingekrochen bist, du Angst-Bei und Mael-Zat-Würger!«

»Welcher Frosch ist es, der hier quackt?« fragte der Kubaschi stolz. »Ist es nicht ein Franke, welcher für wahr hält, was el Kitab-el-Mukaddas[45] sagt? Ich aber bin ein Moslem, der nach dem Kuran betet. Weißt du nicht, daß Adam an einem Freitag erschaffen wurde? Sein Weib aber wurde am Sonnabend gemacht, der auch dein Geburtstag ist, du Weib, du Sohn eines Weibes und Vetter einer Weibestochter. Hast du schon einmal gehört, daß die Kubabisch sich verkriechen? Habe ich nicht zehn Räuber erschlagen, als du dich hinter meinem Rücken verstecktest, Giaur?«

---

[45] die heilige Schrift

Das war dem braven Staffelsteiner denn doch zu viel. Er sprang auf den Kubaschi zu, um ihn für diese Unwahrheit zu bestrafen; dieser aber wich mit einem mächtigen Satze zurück und eilte hinter das nächste Zelt, wohin ihm der erzürnte »Vetter einer Weibestochter« augenblicklich folgte.

Er mußte den großen Hassan dort ergriffen haben, denn es ließen sich jene wohlbekannten Töne vernehmen, welche eine kräftige flache Hand auf der menschlichen Wange hervorzubringen pflegt. Nach einigen Minuten kehrte er höchst befriedigt zurück; Hassan folgte erst nach einiger Zeit. Er trat, sich den Bart reibend, zu mir.

»Sihdi, du bist weise und gerecht. Was hat ein Ungläubiger verdient, der einen Gläubigen schlägt?«

»So viele Streiche, als er selbst gegeben hat. Gehe hin, und gieb sie ihm!«

»So gebiete ihm, daß er stille hält!«

»Hast auch du still gehalten?«

»Nein; ich habe mich tapfer gewehrt, wie es einem Uëlad Arab geziemt.«

»So darf er sich auch wehren, wie es einem Uëlad German geziemt.«

»So befiehl, daß ein anderer ihm die Streiche giebt! Ich habe es nicht zu thun, denn ich bin kein Henker, der das Gesetz erfüllt.«

»Heißt nicht Djezzar Henker, und du selbst nennst dich Djezzar-Bei, den Obersten der Henker? Geh hin, und gieb sie ihm; es bleibt dabei!«

»Du bist ein strenger Richter, Sihdi; ich aber bin gnädig und barmherzig und werde ihm die Strafe schenken, denn meine Hand würde so schwer auf ihn fallen, daß sie ihn zermalmte!«

Er trat in seiner stolzesten Haltung zurück.

Wir konnten für den übrigen Teil der Nacht nichts weiter gegen die Räuber unternehmen, stellten also die nötigen Wachen aus und begaben uns dann zur Ruhe. Vorher aber saß ich mit Emery beisammen, um unsere bisherigen Erlebnisse auszutauschen und einen Plan für unser morgiges Verhalten festzustellen.

Er war für die augenblickliche Verfolgung der Gum, ich aber schlug vor, nach dem Bab-el-Ghud und von da nach El Kasr zu gehen, welches die Räuber sicher auch aufsuchen würden. Er stimmte schließlich bei, da ihm ja ebenso wie mir daran liegen mußte, Rénald so bald als möglich Hilfe zu bringen. Die Männer der Kaffilah, welche die toten Räuber sofort ausgeplündert hatten, waren durch unsern Sieg in eine mutige und entschlossene Stimmung versetzt worden und daher bereit, uns zu folgen.

Die Zeit bis zum Morgen verging ohne Störung; dann brachen wir auf.

Es kommt vor, daß das Kamel des Wüstenreisenden an einer Stelle, die ihm nichts Auffälliges bietet, halten bleibt und nicht von ihr wegzubringen ist. Steigt er dann ab, um sie zu untersuchen, so entdeckt er eine Feuchtigkeit des Sandes, welche immer größer wird, je weiter er gräbt, bis er endlich in der Tiefe von einigen Fuß auf Wasser stößt. Der wilde Tuareg hält solche Brunnen sehr geheim. Er breitet über das Wasser ein Fell, welches er sorgfältig mit Sand bedeckt, so daß die Stelle von ihrer Umgebung nicht zu unterscheiden ist. Sie bietet ihm die Möglichkeit, in der Verborgenheit auszuharren, so lange es ihm beliebt, und von ihr aus seine Streifzüge zu unternehmen, von denen er immer wieder zu ihr zurückkehrt.

Einen solchen Brunnen fanden wir. Unsere Tiere konnten sich erfrischen; und da uns gestern die Erbeutung der Kamele in den Stand gesetzt hatte, die Lasten zu verringern, so hatte unser heutiger Ritt die wünschenswerte Schnelligkeit, und wir erreichten das Bab-el-Ghud kurze Zeit nach dem Einbruche der Nacht.

Die Dünen waren immer wirrer geworden, und die Kamele hatten beinahe bis an die Kniee im heißen Sande zu waten gehabt; hier aber am Bab-el-Ghud trafen wir auf ein Chaos von Fels und Sand, dessen Unheimlichkeit die Dunkelheit der Nacht nur zu erhöhen vermochte. Von Westen her drang der Sandocean in hochgehenden Wogen an die Steinmassen der Serir, und wie eine fürchterliche Brandung, die der Befehl eines mächtigen Geistes mitten in ihrer größten Erregung fest gebannt hatte, brachen sich die Dünen an den schroffen Klippen der Steinwüste, die sie nicht zu überfluten vermocht hatten. Erst der Tag konnte uns die Einzelheiten dieses Kampfes zwischen Sand und Fels zur Anschauung bringen. Und selbst in dieser Wildnis hatte der gütige Gott für einen der oben beschriebenen Brunnen gesorgt. Der Tebu hatte ihn entdeckt und führte uns zu ihm. Wir schlugen bei ihm unsere Zelte auf.

Am andern Morgen suchten wir das Bab-el-Hadjar, den schauerlichsten Teil des Bab-el-Ghud. Es trug seinen Namen »Thor der Steine« mit vollem Rechte.

Hatten hier in der Wüste, hier an dieser Stelle die Titanen der Vorzeit die Felsen aufeinander getürmt, um Jupiters Himmel zu stürmen? Oder hatten hier Giganten eine Burg erbaut, deren Zinnen zwischen den Sternen funkelten, an die aber doch die Jahrtausende getreten waren, um die Mauern in der Wüste zu zerstreuen und nur das Portal stehen zu lassen, unter welchem wir hielten, wie Zwerge unter dem Bogen eines riesigen Domes? Zwei, mehrere hundert Fuß starke Säulen, aus mächtigen Felsblöcken errichtet, stiegen himmelan und neigten sich hoch oben einander zu, so daß sie in ihrer Vereinigung einen Spitzbogen bildeten, den keine menschliche Hand in dieser Weise errichten konnte. Die einzelnen Steine waren vom Zahne der Zeit vielfach zerfressen und zernagt; es schien, als ob einer kaum den andern halten könne, und dennoch sah man es dem Ganzen an, daß es seine jetzige Festigkeit noch manches Jahrhundert hindurch behalten werde.

Das war das Bab-el-Hadjar, durch welches wir unsern Weg nach El Kasr, der Mitteilung des Khabir Zufolge, suchen mußten.

Wir ritten scharf nach Osten. Die Sandwüste hörte nach und nach auf und machte einer jener Steinebenen Platz, welche, weil sie mit wirren Felsblöcken übersät sind, von dem Araber mit dem Namen »Warr« bezeichnet werden. Hier hemmte uns die Tiefe des Sandes nicht mehr, und darum kamen wir heute noch schneller vorwärts als gestern. Das Terrain schien anzusteigen, und gegen Abend sahen wir einen Höhenzug vor uns, dessen aus Dschir (Gips, Kalk) gebildete Massen uns im Lichte der sich neigenden Sonne entgegenglänzten.

»Das muß der Dschebel-Serir sein, von dem der Khabir gesprochen hat,« sagte ich.

Emery nickte. »Well; die Zeit stimmt.«

Wir ritten weiter und kamen den Bergen näher. Jetzt zog ich mein Rohr hervor. Bothwell that dasselbe.

»El Kasr!« meinte er nach einer Weile, indem er mit der Rechten grad auf die Mitte des Höhenzuges deutete, der sich in Form eines Hufeisens vor uns ausbreitete.

Auch ich hatte das hohe Gemäuer erkannt, welches sich dort erhob. Es waren allem Anscheine nach die fensterlosen Ruinen eines burgähnlichen Gebäudes, welches vor langen, langen Zeiten dort errichtet worden war, ein neuer Beweis dafür, daß manche Teile der Wüste früher nicht so menschenleer waren wie heute, wo die Kultur den unterbrochenen Kampf mit der Unfruchtbarkeit des Bodens von neuem aufzunehmen hat.

»Darf ich auch 'mal durch das Perspektiv schauen, Herr?« fragte der Staffelsteiner.

Ich gab ihm das Rohr.

»Sihdi, gieb auch mir dieses Ding,« bat Hassan. »Ich will auch einmal sehen, was darinnen ist!«

Ich erfüllte lächelnd auch diesen Wunsch und hielt es ihm in der rechten Richtung vor das Auge.

»Allah akbar, Gott ist groß, Sihdi; du aber bist der größte unter den Weisen der Erde, denn in deinem Rohr steckt ein Ksur[46], welches so groß ist, daß tausend Menschen darin stehen können!«

Das Fernrohr ging von Hand zu Hand; ein Ausruf des Staunens folgte dem andern, und es war augenscheinlich, daß unser Kredit bei den Arabern in fortwährendem Steigen begriffen war.

»Man wird uns auf El Kasr kommen sehen,« bemerkte Emery.

---

[46] Festung

»Jetzt erkennt man uns noch nicht. Wir müssen unsere Richtung ändern.«

»Wie? Der Aufgang muß von dieser Seite sein.«

»Der Khabir sprach von einer unterirdischen Treppe, die nach dem ›Schott‹ führt. Nun aber sehe ich von hier aus weder einen Schott, noch ein sonstiges Wasser, folglich muß sich dasselbe an der andern Seite des Berges befinden.«

»Richtig. Wir umreiten die Höhe!«

Wir wandten uns rechts. Es war nicht mehr lange Tag, und wir mußten vor Anbruch der Nacht zu einem Resultate kommen. Daher strengten wir unsere Tiere so viel wie möglich an.

Mit verdoppelter Schnelligkeit trugen sie uns rings an der äußern Seite der Höhe dahin, die nach hier vielfach zerklüftet und zerspalten war. Als wir ihre Mitte erreichten, bemerkten wir eine Schlucht, welcher wir jedenfalls zu folgen hatten. Wir bogen in dieselbe ein und gelangten nun in einen Felsenkessel, welcher mitten in den Bergen lag. Den größten Teil seiner Sohle nahm ein salziges Wasser ein, welches seine Ufer vollständig füllte, da die Sonne hier nur wenig Zutritt hatte und ein so schnelles Verdunsten wie auf offener Sahara also nicht stattfinden konnte. Die den Kessel bildenden Felsen stiegen rundum fast senkrecht zum Himmel empor, und auf ihnen, grad uns gegenüber, sahen wir El Kasr liegen.

»Schwieriges Terrain!« brummte Emery.

»Wir können nicht hinüber, ohne von dort bemerkt zu werden.«

»Höchstens einer oder zwei, die das Anschleichen verstehen.«

»Bis zur Nacht können wir unmöglich hier warten. Ich werde es versuchen.«

»Well – ich auch!«

Wir stiegen vom Dromedare und geboten den andern, sich in die Schlucht zurückzuziehen, damit sie von El Kasr aus nicht bemerkt werden konnten. Korndörfer vermutete eine Gefahr für mich und wollte mich unbedingt begleiten; ich hatte Mühe, ihn zum Bleiben zu bewegen. Der brave, folgsame Hassan blieb ohne Weigern zurück; es fiel ihm gar nicht ein, mir seine Begleitung anzubieten, obgleich er mir versichert hatte, daß er mich für den größten Weisen der Erde halte.

Die Felsenmauern des Kessels waren mit hinreichenden Vorsprüngen und Einschnitten versehen, um uns bei der nötigen Vorsicht eine Deckung zu gewähren. Wir bewegten uns, bald langsam schleichend, bald wieder in schnellen Sprüngen vorwärts und gelangten ungesehen in einen schmalen, tiefen Spalt, welcher grad unterhalb vom Kasr in den Felsen geschnitten war. Von diesem aus mußte die verborgene Treppe in die Höhe führen; eine andere Möglichkeit gab es nicht.

Wir drangen in den Spalt ein und fanden unsere Vermutung bestätigt; denn noch waren wir ihm nicht weit gefolgt, so bemerkten wir eine niedrige, thürähnliche Oeffnung im Felsen, in welche eine Stufenreihe mündete, die nach aufwärts führte.

»Hinauf!« gebot Emery.

»Noch nicht!« widersprach ich ihm. »Wir müssen erst wissen, wohin der Spalt weiter führt.«

»Well – also weiter!«

Es ging wieder vorwärts, doch führte der Einschnitt nicht mehr sehr weit in den Felsen hinein. Da aber, wo er endete, bot sich uns ein unerwarteter Anblick dar. Mehrere Fuß hoch aufeinandergeschichtet lag hier nämlich ein Haufe menschlicher Schädel und Knochen, welche deutliche Spuren davon zeigten, daß sie von Tieren, entweder Hyänen oder Schakals, oder Aasgeiern abgenagt worden waren. Zerrissene Kleiderfetzen mischten sich darunter, und einige derselben, die an den scharfen Felskanten über uns hingen, erklärten uns, wie die Knochen an diese Stelle gekommen waren. Wir befanden uns jedenfalls auf der Richtstätte des Hedjahn-Bei, der die von ihm zum Tode Verurteilten vom Felsen in den Spalt stürzen ließ, eine Prozedur, welche jedenfalls nicht selten vorkam, denn wir zählten über zwanzig Schädel.

»Das Schicksal seiner Gefangenen!« bemerkte Emery.

»Vielleicht auch derjenigen seiner Leute, die sich einen Ungehorsam zu schulden kommen ließen. Ich denke, es wird nicht mehr vorkommen!«

»Richtig, außer wenn es ihm gelingt, uns selbst herabzustürzen.«

»Das wird ihm nicht gelingen, denn zehn solcher Hedjahn-Beis wiegen keinen einzigen Siouxhäuptling auf. Doch jetzt nun zur Treppe!«

Wir suchten den Eingang wieder auf.

Es schien, als habe hier einst ein Erdbeben auf die kompakte Masse des Felsens gewirkt. Der Einschnitt, welchen wir verfolgt hatten, war wohl eine Folge davon, und auch der Aufstieg, in den wir jetzt eindrangen, war jedenfalls nicht künstlich eingehauen, sondern von der Natur gerissen und dann zur Anlegung einer Stufenreihe benützt worden.

Wir mußten alle Augenblicke gewärtig sein, einem Wasser holenden Räuber zu begegnen, weshalb wir uns nur höchst vorsichtig und unter Vermeidung von allem Geräusch emportasteten. Der Spalt war so eng, daß wir nur hintereinander gehen konnten; bei einer feindlichen Begegnung war also eine gegenseitige Hilfe nicht möglich, doch glich sich das vollständig dadurch wieder aus, daß auch uns gegenüber nur eine einzige Person Platz finden konnte.

Uebrigens fand eine solche Begegnung gar nicht statt, vielmehr erreichten wir nach längerem und, da die Stufen eine sehr verschiedene Höhe besaßen, sehr beschwerlichem Steigen unbemerkt das Ende der Treppe.

Eine Thür konnten wir hier, bei der Holzarmut der Wüste, nicht erwarten, dennoch aber fanden wir den Eingang verschlossen. Vor demselben lag ein Felsstück, welches, wie die Untersuchung bewies, mit Hilfe irgend einer für uns unsichtbaren Vorrichtung nach innen zu bewegt werden konnte. Alle unsere Anstrengung, es zu beseitigen, war vergebens.

»Was jetzt?« fragte Bothwell. »Wir müssen hinein.«

»Oder wir stürmen das Kasr von außen.«

»Nur für den Notfall. Wir kennen die Besatzung nicht, und obgleich wir schnell geritten sind, könnte der Bei doch bereits mit der Gum eingetroffen sein. List ist der offenen Gewalt vorzuziehen.«

»So wird auch hier die Anaïa helfen.«

»Ah! Wie so?«

»Die Nacht ist noch nicht da, und mein Hedjihn ist schnell. Ich reite auf das Schloß und öffne von innen.«

»Zu gefährlich, my dear!«

»Nicht so sehr, als es den Anschein hat. Oder meinst du, daß ich mich fürchten soll?«

»Pshaw! Aber kannst du wissen, welche Umstände und Hindernisse dir entgegentreten?«

»Ich habe die Koralle und meine guten Waffen!«

»Well; aber ich begleite dich!«

»Das geht nicht. Willst du unsere Leute ohne Führung lassen?«

»Richtig! Diese Araber sind so unfertig, daß man sich nicht auf sie verlassen kann.«

»Korndörfer wird mich begleiten.«

»Gut, so sei es gewagt. Aber ich sage dir, daß ich den Bei mit seinen Schuften in Stücke reiße, wenn sie dich nur unrecht anrühren.«

»Mir ahnt nichts dergleichen. Bis Mitternacht werde ich mich orientiert haben; dann steigst du mit den Männern auf, und ich lasse euch ein.«

»Und wenn du es nicht vermagst?«

»So überlasse ich das weitere ganz deinem Ermessen. Ich kann für diesen Fall nichts vorherbestimmen.«

»Ich werde bis ein Uhr hier warten; öffnest du nicht, so sind wir eine Stunde später vor dem Schlosse, und ich gebe dir durch einen Eulenruf das Zeichen. Kommst du nicht, so nehme ich dann an, daß du dich in Gefahr befindest, und ich werde in das Kasr eindringen. Komm!«

Wir stiegen wieder abwärts und gelangten wohlbehalten zu unsern Leuten.

Als der Tebu hörte, daß ich mit Korndörfer auf das Schloß wolle, bat er, mich begleiten zu dürfen. Ich mußte ihm die

Erfüllung dieses Wunsches versagen. Er hatte die Gum verfolgt und war von einigen ihrer Männer gesehen worden; es lag also die Möglichkeit vor, daß er auf El Kasr erkannt würde, was das Gelingen unsers Unternehmens in Frage stellen mußte.

Ich bestieg mein Bischarin, und Josef nahm ein Mehari von Emery; dann ging es in möglichster Eile den Weg zurück, den wir gekommen waren. An dem einen Ausläufer des Hufeisens angekommen, bogen wir um denselben herum und ritten nun in gerader Richtung auf das Schloß zu.

Die Sonne tauchte eben hinter den westlichen Horizont hinab, als wir den hohen, offenen Eingang erreichten. Bisher hatten wir trotz unserer sorgfältigen Beobachtung des alten Gemäuers kein menschliches Wesen zu sehen bekommen, doch nahm ich an, daß unser Kommen ganz sicher bemerkt worden war. Eben wollten wir den Eingang passieren, als hinter den Seitenpfeilern desselben vier Männer hervortraten und uns ihre langen Flinten entgegenstreckten.

»Rrree, halt! Was wollt ihr, Fremdlinge?«

»Wir sind Wanderer, haben weder Speise noch Wasser bei uns und begehren, diese Nacht bei euch zu bleiben und von euch zu kaufen, was wir bedürfen.«

»Wie kommt ihr hierher, und wer hat euch gesagt, daß hier Männer wohnen?«

»Wir sahen auf der Ebene die Spuren eurer Tiere. Laßt uns ein!«

Sie warfen sich fragende Blicke zu, dann meinte einer von ihnen mit einem wenig verheißungsvollen Gesichte: »So kommt!«

»Gebt ihr uns Herberge im Namen des Kuran und des Propheten?«

»Komm!«

Wir hatten ihren Aufenthalt entdeckt; wir durften El Kasr nicht lebendig verlassen; das war deutlich in ihren Mienen zu lesen. Ich aber wußte mich sicher und fragte, um sie zu versuchen, weiter: »Warum giebst du mir keine Antwort auf meine Frage?«

»Ich habe dir gesagt, daß du eintreten sollst!«

»Wird mich der Kuran bei euch beschützen?«

»Hältst du uns für Räuber, die ihre Gäste töten?«

»Seid, was ihr wollt. Ihr habt uns keinen Gruß geboten; wir werden wieder gehen!«

Ich wandte mein Kamel der Wüste zu, und sofort richteten sich die Gewehre wieder auf uns.

»Halt, ihr bleibt! Hier wohnt der Hedjahn-Bei; ihr werdet die Sahara nicht mehr sehen!«

Ich verschmähte es, eine meiner Waffen zu ergreifen.

»Bist du blind, daß du mir drohest? Siehst du nicht die Gewehre, welche wir tragen? Oder meinst du, daß wir nur mit ihnen spielen? Kennst du nicht das Tier, auf dem ich sitze? Allah hat dir Augen gegeben, aber sie sehen nicht!«

Erst jetzt warfen sie ihre Blicke auf mein Dromedar.

»Das Bischarin des Bei! Wer gab es dir?«

»Er selbst. Ich rettete ihn aus den Krallen des Löwen, als er weit von hier gegen Mitternacht auf Mahmud Ben Mustafa Abd Ibrahim Jaakub Ibn Baschar wartete, den er in die Stadt der Franken geschickt hatte. Seht hier seine Andia!«

Dieser lange, ihnen wohlbekannte Name und die Koralle überzeugten sie, aber dennoch blieb ihr Angesicht finster.

»Zu welchem Stamme gehörst du?«

»Ich bin ein Franke.«

»Ein Ungläubiger? Was thust du in der Wüste?«

»Ich komme, um ein Gast des Bei zu sein, mit dem ich zu sprechen habe.«

»So bleibe hier. Es wird dir nichts geschehen, bis er kommt.«

Ich ließ mein Tier niederknien und stieg ab. Josef that ebenso. Ueber El Kasr zog ein einsamer Geier seine weiten Kreise. Ahnte er, daß er uns als Speise in dem Felsenspalte finden werde?

Ich ergriff die Büchse und schoß ihn herab. Die Räuber hätten dies mit ihren Flinten unmöglich fertig gebracht. Sie staunten. Das wollte ich.

»Eure Lippen haben verschmäht, uns ein Sallam zu sagen; hütet euch vor meinem Auge und vor meiner Kugel!«

»Du hast das Zeichen und drohst uns? Du hast es gestohlen; stirb, Giaur!«

Er legte an, doch mein Revolver war schneller als er. Ich brauchte bloß zweimal abzudrücken, denn Korndörfers Kugel traf den dritten, und der vierte wurde von ihm mit dem Kolben niedergeschlagen.

Sofort wieder ladend, warteten wir zunächst, ob sich ein neuer Feind zeigen werde, doch regte sich in dem Hofe nicht das Geringste. Hatte der Hedjahn-Bei nur diese vier Männer zur Bewachung des Kasr zurückgelassen? Bei der Abgeschiedenheit und Sicherheit der Lage war dies sehr leicht denkbar; wir mußten es untersuchen.

Das Innere der Ruine war besser erhalten, als es von außen den Anschein hatte. Vor uns lag eine offene von Säulen getragene Halle, an deren Seiten sich noch mehrere Gemächer anzuschließen schienen. Wir sahen, daß sie leer war, und schritten auf sie zu. Die Nebenräume hatten keine Thüren und waren auch leer. Jetzt gelangten wir durch einen hinteren Ausgang in einen zweiten Hof. Das Gebäude war jedenfalls zu der Zeit errichtet worden, als im achten Jahrhundert die mächtigen Uëlad Mussa die Serir überschwemmten. Schon wollte ich diesen Hof betreten, als Korndörfer mich am Arme faßte.

»Halt, Herr! Steht dort hinter der Säul' nit auch so aan Halunk'? Er dreht uns den Rücken her und hat uns halt noch gar nit bemerkt.«

Ehe ich antworten konnte, hatte sich der Räuber zu uns gewandt; im nächsten Augenblicke blitzte sein Schuß, und die Kugel streifte Josef am Arme.

»Maschallah, is der Kerl unvorsichtig; wie leicht konnte er mich erschießen!«

Mit diesem Ausrufe sprang der Staffelsteiner in weiten Sätzen über den Hof hinüber und packte seinen Mann an der Kehle. Ich eilte ihm nach und kam noch zur rechten Zeit, um zu verhindern, daß er ihn erwürgte.

»Laß los; wir brauchen ihn vielleicht!«

Er nahm die Hand von der Gurgel, hielt ihn aber fest.

»Warum schießest du auf einen Gast des Hedjahn-Bei?« fragte ich den Gefangenen.

Es war mir klar, daß sich außer ihm niemand mehr auf dem Kasr befand. Er holte tief Atem, ehe er antwortete: »Ein Gast? Wo sind die, welche euch erwarteten? Ich hörte Schüsse. Wer seid ihr?«

»Sieh hier die Andia! Wie viele Männer sind im Schlosse?«

»Fünf, bis der Bei zurückkehrt.«

»Du irrst! Nur du allein bist hier, denn vier hat unsere Kugel getötet, weil sie uns als Feinde empfingen.«

»Ihr habt die Koralle und tötet die Männer des Bei! Wer seid ihr?«

»Ich bin der Bruder des Behluwan-Bei und komme, den Franken zu holen, den ihr gefangen haltet. Wo ist er?«

»Du sagst die Unwahrheit! Kann ein Mensch der Bruder eines Geistes sein?«

»Frage den Würger selbst; er wird kommen, sobald ich ihn rufe! Wo ist der Franke?«

»Ich sage es nicht.«

»So werde ich ihn finden, und du mußt sterben!«

»Der Bei wird mich rächen!«

»Er kann dich nicht rächen. Der Behluwan-Bei hat ihn geschlagen und sechzehn seiner Männer getötet. Und sein Bruder ist mit eurem Mudir, dem Khabir und Schech el Djemali durch diese Büchse hier gefallen. Die Tschehenna wird auch dich verschlingen, wenn du mir nicht gehorchest.«

»Beweise mir, daß du die Wahrheit sagst; dann will ich thun, was du begehrst.«

»So komm! Ich werde dir den Würger zeigen.«

Ich stieg über eine Mauerbresche hinaus auf den Rand des Thalkessels, grad der Schlucht gegenüber, in welcher sich Emery befand. Der Mann folgte mir zaudernd.

»Hallo-i-oh!« rief ich hinab, und sofort trat Emery hervor. »Kommt herauf!«

»Alles sicher?«

»El Kasr gehört mir!«

Jetzt traten auch die Männer der Kaffilah herbei und erhoben ein Freudengeschrei. Es war noch so hell, daß man deutlich sehen konnte, was vorging. Emery ließ die Tiere unter der Aufsicht dreier Männer, unter denen sich auch der lange Hassan befand, am Schott zurück; die andern begaben sich nach dem Treppeneingange.

»Siehst du, daß ich die Wahrheit sage? Willst du gehorchen?«

»Ja, Sihdi!«

»So öffne den Stein vor der Treppe!«

Er trat, nachdem ich ihm die Waffen abgenommen hatte, in ein Gewölbe, aus welchem er eine aus Dattelfaser gefertigte Fackel brachte, die er anzündete. Dann stieg er in die dunkle Pforte, vor welcher er Wache gestanden hatte, als wir ihn zuerst bemerkten.

Die Stufen führten abwärts in einen unterirdischen Raum, der mit verschiedenen Waren bis hoch an die Decke gefüllt war. Hier hatte der Hedjahn-Bei seine Beute aufgestapelt. in der hintersten Ecke lag ein Steinblock auf zwei Rollen, welcher mit Stricken an die Mauer befestigt war.

»Hier ist die Treppe, Sihdi!« erklärte der Gefangene.

Die Stricke waren schuld, daß Emery und ich den Stein nicht hatten bewegen können. Ich öffnete die Schlingen und zog den Block zur Seite. Nach einigen Minuten befand sich die Kaffilah im Kasr. Ich sprach einige erklärende Worte zu Bothwell und wandte mich hierauf an den Gefangenen.

»Wo ist der Franke?«

»Muß ich es sagen? Wir haben geschworen, zu schweigen.«

»Du mußt! Hier steht der Behluwan-Bei, der deine Seele von dir fordert, wenn du nicht gehorchest.«

»So kommt!«

In der andern Ecke des Gewölbes war eine niedrige, tiefe Nische ausgehauen, die statt der Thür von einigen Warenballen verschlossen wurde. Drin lag auf dem harten, bloßen Boden, von Stricken festgehalten, eine menschliche Gestalt.

»Rénald!«

Das Licht der Fackel fiel auf die hohe Figur des Engländers.

»Emery!« jauchzte es laut auf.

»Heraus, mein Junge, schnell!«

Ein paar rasche Messerschnitte lösten die Banden, dann lagen sich die Freunde einander in den Armen.

Eine halbe Stunde später hatten wir mittels der vorhandenen Fackeln das ganze Schloß durchsucht; nun wurde ein Bote abgesandt, unsere Tiere herbeizuholen, da wir von dem Gefangenen hörten, daß die Gum ihre Kamele zum Schütt führen und dann das Kasr durch die Treppe ersteigen werde.

Der Jubel des befreiten jungen Mannes, der sich vollständig verloren geglaubt hatte, war ein außerordentlicher; sein Dank fand keine Worte, und wir saßen bis in die späte Nacht hinein über der Erzählung der Leiden und Freuden, welche wir hinter uns hatten. Dann gingen wir zur Ruhe; die ausgestellten Wachen sicherten uns vor jeder Ueberraschung.

Als ich mich am andern Morgen erhob und hinaus in den Hof trat, überraschte ich den Tebu bei einer schrecklichen Arbeit. Er hatte während der Nacht den Räuber getötet und stand jetzt auf der Mauerzinne, um die blutige Leiche desselben in den Spalt zu stürzen.

Ich stellte ihn zur Rede, erhielt aber keine andere Antwort als: »Ed dem b'ed dem - en nefs b'en nefs, Leben um Leben, Blut um Blut, Auge um Auge, Sihdi; ich habe es geschworen, und ich halte es!«

Unsere Tiere waren angekommen, und der große Hassan trat mir entgegen.

»Hamdulillah, Gott sei Dank, Sihdi, daß wir wieder beisammen sind, denn ohne mich wärst du nicht – – – Allah inhal el Bei, Gott verderbe den Bei!« unterbrach er sich. »Siehst du ihn dort kommen?«

Wirklich kam unten über die Ebene eine Reihe von Arabern. Sie gingen zu Fuße und hatten also ihre Tiere nach dem Schott geschickt. Sie sollten einen unerwarteten Empfang finden.

Ich sandte Hassan, der uns beim Kampfe sicher nichts nützen würde, hinaus auf den Mauervorsprung, um den Schott zu betrachten; wir andern hielten unsere Gewehre bereit. Ich verbarg mich mit dem Staffelsteiner hinter einem Steinhaufen, der sich hart neben dem Eingange befand. Wer einmal das Kasr betreten hatte, durfte nicht wieder hinaus.

Wir hatten nicht lange zu warten. Sie kamen, und obgleich sie die Abwesenheit ihrer fünf Wächter hätte aufmerksam machen sollen, traten sie unbesorgt in den Hof. Schon hatten sie beinahe die Hälfte desselben durchschritten, da kam ihnen Emery langsam entgegen. Sie stutzten.

»Rrree! Ich bin der Behluwan-Bei; die Gum fahre zur Hölle! Feuer!«

Alle Gewehre krachten.

»Ich schieß halt nit mehr; ich nehm die Faust!« rief der Staffelsteiner, warf das Gewehr weg und befand sich mit Emery und dem Tebu im dicksten Haufen der Feinde. Mein Stutzen ließ keinen durch das Thor; in zehn Minuten waren wir Herren des Platzes.

Da ertönte die Donnerstimme Hassans: »Allah akbar, Gott ist groß; Sihdi, sie kommen mit den Tieren, und der Bei ist dabei; ich habe ihn am Panzer erkannt!«

Ich trat hinaus. Die Kamele standen mit ihren hohen Beinen drunten im Wasser, und bei ihnen hielten drei Männer. Der eine hatte den Burnus abgeworfen, und sein Kettenpanzer schimmerte wie pures, gediegenes Gold zu uns herauf. Er wusch sich, warf dann den Burnus wieder über und winkte seinen Leuten, ihm zu folgen. Sie schritten dem Treppenaufgange zu.

»Der gehört mir; ich muß ihn lebendig haben!« rief Bothwell. »Zieht euch in die Hallen zurück!«

Ich eilte hinab in das Gewölbe, um den Treppeneingang zu öffnen, und kehrte dann nach oben zurück.

Rénald Latréaumont hatte mich bereits gestern um einen von meinen Revolvern gebeten. Mein Auge suchte ihn jetzt, fand ihn jedoch nicht.

Da ließen sich Schritte vernehmen. Der Bei trat mit seinen beiden Begleitern aus der Pforte in den Hof. Die Leere desselben mochte ihm auffallen; er blieb halten. Er war das grade Ebenbild dessen, den ich am Auresgebirge getroffen und später erschossen hatte. Sein scharfes Auge schweifte forschend umher, und seine Lippen öffneten sich zu einem Rufe des Erstaunens. Aus dem Säulengange hervor kam Rénald auf ihn zugesprungen, den Revolver in der Hand.

Ich ahnte, was kommen werde, und hob die Doppelbüchse.

»Halt, laß ihn mir!« gebot mir Emery, indem er an mir vorübereilte.

»Ich bin frei, stirb, Räuber!« rief Rénald und drückte auf den Bei ab.

Die Kugel prallte von dem Panzer zurück, und sofort hatte der Bei den kleinen, schmächtigen Franzosen mit der Linken erfaßt und holte mit der Rechten zum tödlichen Stoß aus. Er kam nicht dazu; Emery hatte ihn von hinten gepackt.

Jetzt eilte alles herbei. Die beiden Räuber sahen, wie die Sache stand, und wandten sich zur Pforte zurück; sie erreichten sie nicht; meine beiden Kugeln streckten sie nieder.

Emery hielt den Bei mit eisernen Armen gepackt.

»Kennst du mich, Räuber? Ich bin der Behluwan-Bei. Fahre deinen Opfern nach!«

Ein fürchterlicher Faustschlag traf den Bei vor die Stirn und betäubte ihn; dann faßte ihn der »Englishman«, trug ihn zur Mauer empor und schleuderte den Mörder hinab in die Spalte, wo die Gebeine der Gemordeten lagen.

Die Gum war bis auf den letzten Mann vernichtet. – – –

Vierzehn Tage später hatten wir die Serir durchschritten, und ein wunderbar liebliches Bild breitete sich vor uns aus. Viele tausend Palmen wiegten ihre dunklen Blätterkronen auf den schlanken Stämmen, die vom Sonnenlichte golden überrieselt wurden. Die Füße dieser Stämme standen in einem Garten von blaßroten Pfirsichblüten, weißen Mandelblumen und hellgrünem, frischem Feigenlaub, in welchem der Bülbül (Nachtigall) seine entzückende Stimme erschallen ließ. Es war die Oase Safileh, wohin wir die Kaffilah glücklich brachten.

Mit ihr trennte sich nach einem mehrtägigen Aufenthalte auch der Tebu von uns.

»Allah sei mit dir, Sihdi,« meinte er beim Abschiede. »Du hast die Männer der Kaffilah reich gemacht durch die Beute von El Kasr, selbst aber hast du nichts genommen. Ich habe keine Söhne mehr, aber ich habe einen Segen. Nimm ihn mit dir in das Land der Franken, deren Gott auch der unsere ist: Baid el bela alik, alles Uebel sei fern von dir!«

Und wieder mehrere Wochen später hielten wir unsern Einzug in Algier, wo wir von der glücklichen Familie Latréaumont mit unendlicher Freude empfangen wurden. Hassan war uns bis hierher gefolgt, und der Staffelsteiner wollte mich nicht verlassen. Er ging mit mir und Emery, der mir zu Liebe seinen ursprünglichen Reiseplan änderte, nach Deutschland, um den »laufigen« Trank seiner Heimat zu kosten. Für Latréaumont und die Seinen war der Abschied von uns recht schmerzlich, und auch dem tapfern Kubaschi en Nurab zuckte es gewaltig um den Bart.

»Sihdi, du gehst, und wir sehen uns nicht wieder, aber du wirst auch in Germanistan mit Freude und Stolz denken an Hassan-Ben-Abulfeda-Ibn-Haukal al Wardi-Jussuf-Ibn-Abul Foslan-Ben-Ishak al Duli und ihn stets nennen Hassan el Kebihr und Djezzar-Bei, den Menschenwürger, der dir mit dem Behluwan-Bei geholfen hat, den Assad-Bei und den Hedjahn-Bei zu töten.«

»Und auch ich werd' dich nit vergessen, Hassan,« versprach der Staffelsteiner, »sondern in Germanistan erzählen von Ma-el-Zat-Bei, dem Spirituswürger!«

»Deine Zunge ist voll Gift, und niemand wird dir glauben; denn die Leute in Germanistan werden sagen: ›Da kommt Jussuf-Koh-er-darb-Ben-Koh-er-darb-Ibn-Koh-er-darb-buKoh-er-darb el Kah-el-brunn, der Verleumder, der Ungläubige, der Schakal, der Schweinefleisch ißt!‹ Ich verbiete dir, von mir zu sprechen jetzt und in alle Ewigkeit. Wir aber, Sihdi, werden voneinander erzählen, und mein Name wird erklingen in allen Oasen und unter allen Zelten von Germanistan. Sallam aaleikum, Friede und Heil sei mit dir!« – – –